光文社文庫

文庫書下ろし／傑作時代小説

# 後家の一念
## くらがり同心裁許帳

井川香四郎

光　文　社

この作品は光文社文庫のために書下ろされました。

目次

# 後家の一念

くらがり同心裁許帳

# 第一話　なみだ壺

# 一

江戸湾(えどわん)の沖合に出て黒鯛(くろだい)を狙っていると、たまに土左衛門(どざえもん)を引っかけることがある。

殊に夕暮れ時になると、生ぬるい海風が吹いてから満ち潮に変わる頃、いきなり凪(なぎ)に入る。その時、ふわりと浮き輪のように海面に上がってくるのである。

今日の土左衛門は武士だった。手には釣り竿を握っており、くるりと仰向けになると無念そうな初老の顔が薄暮に浮かんだ。

「うわっ――！」

乗船している釣り客の中のひとりが、吃驚(びっくり)して反っくり返り、船縁から落ちそうになった。

船頭は慣れているのか、竹棒で引っかけて土左衛門を引き寄せた。それを舳先から、乗り合わせていた角野忠兵衛が覗き込んだ。

「立派な釣り竿を持ってるなあ……」

見るなり感じ入ったように言うと、船頭が冗談はよしてくれという顔で、

「旦那、そこですかい……ちゃんと見てやって下さいよ」

「釣りをしているときに、海に落っこちたにしちゃ、上等な羽織まで着てるから、どうなのかねえ……しかも、釣り竿は鯊釣りのものだ。今の時節にゃ合わないな」

「てことは、去年の秋か冬に……」

「まさか。仏はまだ新しそうじゃないか……とりあえず引き揚げて、浜の番屋に運び込んでくれ。奉行所には俺が報せるから、後は定町廻りが調べるだろう」

「さいですか……なんだか縁起が悪いなあ……」

愚痴りながらも船頭は客たちの手を借りて、土左衛門を引き揚げた。昔はそのまま海に流していたが、五代将軍綱吉による〝生類憐れみの令〟が出た後は、犬の死体でも拾うのが慣例になった。船頭の仕事も増えて、大変である。

この日、忠兵衛の釣果は黒鯛を数匹という立派なものだったので、〝ボウズ〟の

客にも分けてやり、魚籠に入り切らない大きいのを抱えて、八丁堀稲荷の近くにある『蒼月』という馴染みの小料理屋に運んできた。

馴染みといっても、二月ばかり通っているだけだが、暖簾を出したのもその頃だから、当初からの常連というわけだ。

店は白木の付け台と、奥に三畳程の茶室のような狭い小上がりがあるのみだ。付け台には、穴子や栄螺の煮つけや白魚や烏賊の干したのなど、京の〝おばんざい〟風に色々と置いてあるが、酒は越後から取り寄せる〝鶴亀〟というものだけだった。

「――へえ、土左衛門が……こりゃなんとも縁起が悪いですねえ」

主人の辰五郎が付け台の中で、届いたばかりの黒鯛を包丁で捌きながら、眉間に皺を寄せた。もう五十過ぎの男で、鬢や髷は白ごまを振りかけたようだったが、目つきは髑髏のようで、にっこりと笑っていても妙に違和感があった。

そのせいか、さほど繁盛している様子はなかった。賑やかな店が苦手な忠兵衛は、この『蒼月』で自分が釣った魚を味わうのが、至福のひとときだったのである。

店を手伝っているのは、看板娘の美鈴だけだった。辰五郎のたったひとりの娘だという。娘といっても、もう二十四、五だというので、薹が立っている。嫁に行く年頃が過ぎて、瑞々しさが失われた様を言うが、酷い言い方である。

「茎が食べられなくなって、不味くなること、食べる頃合いを過ぎちまったことから来てやすがね……こいつにも、そろそろ行って貰わないと」

親父がぼやいても、いつも美鈴は無視している。誰か良い人はいませんかねえ、と自分で言うのが口癖だが、本当は意中の人が何処かにいそうな口振りだった。

しかも見た目は、薹が立ったどころか、華やかな娘盛りに見える。人はよく年齢や見た目を気にするが、忠兵衛は自分がまもなく不惑の年であることも忘れていた。

「なかなか身が締まっていて、よいなあ」

忠兵衛が辰五郎に声をかけると、美鈴の方がニコリと微笑みながら、

「でしょ。これでも日頃から鍛錬しているんです。川辺を走ったり、石段を上り下りしたり、軒にぶら下がったりしてね」

「……黒鯛の話だよ」

「なんだ。てっきり、忠兵衛さん、私のお尻を見て言ったのかと思った」

「もう、そんな年ではないよ」

「あら。年は関係ないって、いつもおっしゃってますけど」

「だから、それは……まあ、いいや。大将、早いとこ、刺身のコリコリッとしたと

ころを頼むぜ、おい」

言い終わらないうちに、綺麗に盛られた皿が差し出された。忠兵衛が、山葵醤油にちょこっとつけて、白い切り身を口にし、深い溜息をつきながら、

「ひゃあ……やっぱり、たまらんなあ」

と言うと、辰五郎は愛想笑いもせずに、黙ったまま見ていた。

「切り方が上手い。庖丁の入れ方ひとつで、刺身は美味くもなるし、不味くもなる……せっかく土左衛門を食って大きくなったんだから、美味しく食ってやらなきゃなあ」

忠兵衛が苦笑混じりに言うと、辰五郎はいたって真面目な顔で、

「そんな言い方よして下さいな。せっかくの黒鯛が……」

「こいつは、上方では〝ちぬ〟って言うんだが、なんでかなあ……」

「茅渟の海……から来ていると聞いたことがありやすよ」

辰五郎が言うと、美鈴が吃驚して、

「血の海……？」

「違うよ。なんでも神武天皇の頃から、この魚は鎧を着ているような感じで……ま、いいや、どうでも。さ、好きなだけ食っておくんなせえ。うちとしちゃ、仕入れは

只だからね」

「――血の海か……」

土左衛門のことを思い出したのか、忠兵衛は感慨深そうに刺身を見つめて、またパクリと食べるのだった。

そこに、北内勝馬が暖簾を分けて入ってきた。

忠兵衛の下に仕えている〝くらがり同心〟である。学問所を首席で出て、すぐに定町廻りになるのを期待されていたが、なぜか南町奉行の大岡忠相からは、迷宮入りの事件ばかりを担当する永尋書留役に配された。

そのまま、誰もが忘れ去ったような事件の真相を、肩肘張らないで追及する忠兵衛の姿に共鳴して、自ら永尋に居残っている。定町廻り筆頭同心の篠原恵之介が一目置いているほど、腕も度胸も推察力もある若手同心であるのに、

――〝くらがり〟では力量を発揮できないので勿体ない。

というのが、奉行所内でも専らの評判だった。

勝馬はチラリと美鈴を見たが、恥ずかしそうに頷いただけで忠兵衛の横に座るなり、

「うわあ。美味そうだな」

と黒鯛の刺身を指で摘んで食べた。

「これが、土左衛門と一緒に釣れたやつだよ。引き揚げたら、丁度、土左衛門が抱え込むような感じになっていてな」

「うえっ……」

思わず勝馬は吐き出そうとしたが、飲み込んでしまった。

「先に言って下さいよ」

「綺麗なもんだよ。俺の釣り針が掛かっていたところに、土左衛門が浮いてきただけだから、そいつが釣ってたものじゃない」

「分かってますよ……でも、美味い」

今度は醬油につけて食べて、ほっと一息ついた。忠兵衛が酒を注いでやろうとすると、勝馬は断った。

「これから、まだ探索がありますから」

「永尋じゃ探索なんぞしないがな。それとも、あの土左衛門が、昔の何かの事件に関わってたとでもいうのか」

「まだ身許も分かっていません。でもですねえ……ひゃあ、やっぱり釣れたてのは美味いッ。大将、潮汁もくれますか」

「事件も釣れたてが美味いって、いつも篠原さんが言ってるがな」

忠兵衛が軽口を言って杯を傾けると、勝馬は神妙な顔で、

「それなんですよ……まだ死んだばかりなんです、あの土左衛門は。ええ、錦先生がすぐに駆けつけてきて調べてくれました」

と言った。

錦先生というのは、町奉行所に出入りしている美人の町医者で、八田錦のことである。本来は与力や同心のいわば健康状態を診る〝番所医〟が仕事だが、時に事件が疑われる死体の検分や腑分けをして、死因を突き止めるのである。

「先生の話によると、亡くなったのは一日前くらい。肺臓の中にはあまり水がないことから、溺れて死んだのではなく、殺された後に海に落とされたのであろうとのことです」

「釣り竿は擬装ってことか……」

「はい。首を鈍器で強く殴られた痕がありますが、錦先生の見立てでは、これも見つかったとき、足を滑らせて何処かで頭を打ったと見せかけるためだろうと……ご丁寧に、滑りやすそうな履き物まで足に履かせてましたがね」

説明する勝馬に、杯を傾けながら、忠兵衛は苦笑した。

「釣りの素人が考えたな。あんな格好で釣りをする奴はいないだろう。で……殺しなら、篠原さんが動いているのか」

「それが……」

勝馬は何か言いにくそうに眉を顰めて、

「殺し――と断定できるわけでもないから、釣りをしてて死んだということで、いいのではないか……って言うんですよ」

「おや。篠原さんらしくないな」

「もしかしたら、篠原さんの知っている侍じゃないのかな……って、そんな感じがしたんです。あ、これは俺が勝手に思ってるだけのことですけどね」

「ふうん……知り合いなら、もっとちゃんと調べるはずだがな」

「ですから、俺がちょっと首を突っ込んでみたくなりました。仏の特徴といえば、左の二の腕に、火傷の痕があることくらいです」

「左腕に火傷……」

「ってことで、今日は酒も飲まずに失礼します」

と立ち上がった勝馬は、またチラリと美鈴の方を向き、素っ気ない顔で頷くと、小走りで飛び出していくのだった。

「――なんだい、あれは……」

見送った忠兵衛が、美鈴を見ながら、

「勝馬と何かあったのかい」

「この前、一緒に歌舞伎を観に行こうと誘われたんだけど、断ったんです」

「えっ……あいつ、そんなことを……だって、錦先生にご執心だったがな……奉行所の与力同心みんなの憧れの的、美しき女医さんに、ぞっこん惚れてたはずだが」

忠兵衛が余計なことを言うと、美鈴も笑いながら頷いて、

「そのようですね……でも、ふられたので、私を誘ったみたいですよ。私は団十郎が好きなので行っても構わなかったのですが、店のことがあるから。それに……」

「それに……他に惚れてる男が？」

「そうじゃなくて、誰かの代わりって嫌なもんでしょ。私が随分、年上だから、ひがんでるのかもしれませんがね」

「あ、そういや、錦先生も奴には年上だ……あいつは姉さん好みか。ま、いいけどな。俺の女房もひとつ年上だった。はは」

忠兵衛は土左衛門のことなど忘れて、久しぶりに長尻で酒を飲んだのであった。

## 二

ある小雨の夜のことだった。早々と客も帰ってしまったので、美鈴が暖簾を下げようとしたところへ、

「申し訳ありません。ちょいと宜しいですか」

と暗闇の中から突然、声がかかった。

美鈴が吃驚して振り返ると、商家の内儀(ないぎ)風の女が辻灯籠(つじどうろう)に浮かんだ。傘も差さずに立っている。年の頃は三十半ばの年増だが、上品な細い面差(おもざ)しで、藤色の絹の着物姿は妖艶(ようえん)ですらあった。

「あ、はい……ですが、そろそろ……あ、でも構いませんよ。少しなら」

美鈴が声を返すと、内儀風の女は少し俯き加減に、

「いえ。料理やお酒を戴きに来たのではないのです。ちょっと……」

「雨宿りだけでもいいですよ。さあ、どうぞ」

と美鈴が手招きしたが、内儀風の女は後ろを気にするように振り返ってから、小さな風呂敷包みを差し出した。角張っているのは、箱が入っているのだろうと気づ

いた。

「これを一晩だけ、預かって戴けないでしょうか」

「え……」

「決して、ご迷惑はおかけ致しません……あ、これは雨に弱いものなので……」

「はあ……」

返事をしないうちに、内儀風の女は懇願するように美鈴に風呂敷包みを押しつけ、

「どうか、宜しくお願い致します」

と言った。その顔は女の美鈴が見ても、ぞくっとするくらいの女盛りの美しさと、小雨のせいか香しい匂いが漂っていた。

思わず美鈴は受け取ったが、見た目の大きさよりも、ズッシリと重いものだった。壺でも入っているのかと感じたが、「宜しくお願い致します」と頭を下げて、そそくさと逃げるように立ち去るのだった。

「あッ……あの……」

追いかけようとしたが、何か深い事情があるのだろうと、美鈴は思い留まった。

「――どうした」

厨房から顔を出した辰五郎が訊くと、美鈴は預かったものを見せて、

「これを預かってくれと……名前も言わずに行ってしまったけれど、なんだか変……」

「うむ……チラッと見えたが、どこぞの商家の……」

「だからこそ妙だなって……誰かに追われているような感じもしたし……」

「奥の座敷の棚に置いておけ。取りに来れば返せばいいし、何か妙な塩梅なら、忠兵衛の旦那に相談すりゃいい」

「ええ……」

釈然としないまま、美鈴は辰五郎に言われたとおりにしたが、翌日も、その翌日も内儀風の女が取りに来ることはなかった。

梅雨入りでもないのに、しばらく雨が続いていた。

奉行所の勤め帰りに立ち寄った忠兵衛に、美鈴が預かったもののことを話して、

「気味が悪いから、忠兵衛の旦那がどうにかしてくれやせんかね」

と辰五郎が頼んだ。

「落とし物なら自身番に届けりゃいいが……見せてみな」

律儀に中身を見ていない辰五郎と美鈴父娘に感心しながら、忠兵衛が風呂敷に包まれていた桐箱を開けると、小さな壺があった。茶室に置いておく、ちょっとした

茶壺くらいであろうか。白地に家紋のようなものが入っているだけの、地味な壺だった。

「なんだか骨壺にも見えるな」

忠兵衛が言うと、

「そんな、縁起でもねえ」

と辰五郎が〝煎り鯛〟だと皿を差し出した。薄い汁が入っている。忠兵衛は何気なく一口掬い食べてから、

「香ばしくて美味いな」

「骨壺の話をして、よく平気でものを食べられやすねえ」

「そういう仕事だからな、町方同心は……それにしても美味い。酒のあてにもいい」

「これも黒鯛です。本当は真鯛でやるともっと出汁が利いて味がいいでやすがね。鍋で魚の身や骨を炒りつけ、醬油や酒で整えてから、豆腐を刻んでね」

「なるほど。鯛の骨壺か……」

「冗談はよして、ちゃんと見て下さいよ」

辰五郎はそう頼んでから、チラリと見た妖艶な女盛りの内儀風の話をした。美鈴

の方が直に接したのに、なんだか上品で綺麗な感じがして、柚(ゆず)のような匂いがしたというだけで、ハッキリと顔は覚えていないという。

「それこそ、幽霊でも見たのではないか。だとしたら、自分の骨壺を預けにきたとか、分からないでもない」

「旦那……その話はもう……」

と顰(しか)め面(つら)をした辰五郎が言いかけたとき、アッと忠兵衛が声を上げた。

壺の中には袱紗があって、それを開けると、封印小判が四つ、つまり百両入っていた。封印には『田嶋屋(たじまや)』という小さな判子が押されているが、何処の商家かは分からない。

「ひゃ、百両……！」

ふたりが吃驚するのも無理はなかった。小判というものを、ふつうの庶民が見ることはほとんどない。商家の取り引きや武士の俸禄に使われるくらいだ。忠兵衛ですら、小判にすれば年に十八両くらいの収入だから、封印小判なんぞというものは、事件絡みで拝むくらいである。だから、

——何か事件だな。

と忠兵衛は直感的に思った。

「いえ……持ってきたお内儀風の女の人からして、五十両や百両を持っていても不思議ではありませんが、わざわざ人に預けるというのは訳ありですねえ」

美鈴は、内儀風の女が、誰かに追われていた様子だったことも、一応、伝えておいた。もっとも、美鈴がそう思っただけで、実際に何か事件があったわけではないと付け足した。それでも、ただ事ではあるまいと、忠兵衛も感じた。

「来たことがある客でもないのだろう？」

「はい……」

「通りがかりに、見ず知らずの者に預けたりするかな……もし、誰かに追われていたとしたら、逃げ切れたかどうかも気になるな。取りに来ないってことは……」

深い訳があるのだろうと、忠兵衛はその壺を奉行所預かりにして、封印小判から持ち主などを調べてみると言った。

「旦那がそうおっしゃってくれるなら、安心です。どうも気になっていたもので」

辰五郎は安堵したように、海老の蠟焼きを「熱いです」と差し出した。下拵えした海老に、溶き卵を塗りながら焼いたものである。忠兵衛の好物のひとつで、あつあつのを口にして、思わず舌先を軽く火傷してしまった。

「それでも、美味え……はひふへほ……」

忠兵衛が喜びながら酒を飲む顔を呆れ顔で見て、

「だから、いつも熱いからって、言ってるでしょ。海老は逃げやしやせんよ」

と辰五郎は苦笑した。

「それにしても、変ねえ……」

美鈴は小首を傾げて壺を見ていた。その不思議がり方が、忠兵衛には違和感があった。違和感としか言いようがない。町娘らしくない謎めいた表情だったからである。

その翌日の昼下がり――。

見るからに目つきの悪い男が、ぶらりと入ってきた。暖簾を出す刻限ではないが、料理屋というものは、朝から夕刻まで働き通しで、色々と準備が大変なのだ。

「ここは『蒼月』って小料理屋だな」

男は四十絡みであろう。羽織に着流しだが、刀を差していないので侍ではないし、髪の毛が薄くなっているのか、小さな町人髷である。人を睨むような目だけは爛々としており、ならず者のように厳つい顔だった。

「へい。そうでやすが、何か……」

「おめえは？」

威圧的に訊く男に、辰五郎は付け台の中から淡々と、

「主の辰五郎って者ですが……人に名を尋ねるなら、先に名乗っておくんなせえ」

と言い返した。

中年男はふて腐れたような態度で、羽織の後ろからスッと十手を出して、

「こういうもんだ」

と偉そうに言った。十手も岡っ引が持つような寸足らずではなく、定町廻り同心が持つようなズッシリとした一尺半程あるものだ。

「御用聞きの親分さんでしたか。で、お名前は？」

また淡々と訊き返す辰五郎に、岡っ引は片方の眉を上げて、

「——おめえ……どっかで見たことがあるような気がするんだが……」

「どこにでもいる顔でさ」

「いや……人を食ったような目……冷てえ薄い唇……そんでもって喧嘩腰の物言い」

「さいですか。よく面が悪いとは言われますがね……で、親分さんの……」

「一々、うるせえな。弁蔵(べんぞう)ってんだ。浅草(あさくさ)辺りを根城にしている〝観音の弁蔵〟ってぃや、ちったあ知られた名だがな」

「いえ、知りませんでした」

辰五郎の言い草は、まさしく喧嘩を売っているようにも思えた。

「で、ご用件はなんでしょうか。仕込みで手を休められないもんでしてね」

「ふん。おまえのその口振りじゃ、叩けば埃が出てきそうだな。ま、いいや……何日か前、商家の内儀風の女から、預かったものがあるだろう。風呂敷包みで、これくらいのものだがな」

弁蔵は両手で例の壺ほどの大きさを示した。辰五郎はすぐに、

「へえ。預かっておりやした」

と答えた。

「返してくれねえか」

「親分さんにですか……預けた人に返すのが筋だと思いやすが」

「――どこぞ大店（おおだな）のおかみにでも見えただろうが、そいつは、お仙（せん）という掏摸（すり）だ。もう何年も町方から追われてる奴だ」

「さいですか……」

「立派なおかみに見えるから、油断する相手が多いらしくてな……中身は壺で、さらにその中に金が入っていて、廻船問屋『難波屋（なにわや）』の番頭から盗んだものなんだ」

「『難波屋』……？」

辰五郎が反応すると、弁蔵は表情を見逃さず、

「心当たりでもあるのかい」

「ええ、まあ……」

曖昧に返事をすると、弁蔵は表に向かって、「おい」と誰かを呼んだ。すぐに敷居を跨いできたのは、小柄で気弱そうな町人で、商売人なのであろう、深く腰を折った。

「こいつは『難波屋』の番頭で、利兵衛という者だ。こうして持ち主が現れたのだから、返してやってくれ」

辰五郎が睨むように見ていると、番頭は曰くありげに目を伏せた。

「ねえ、弁蔵親分……金が入ってる壺を掏るというのは、どうもおかしな話だ。置き引きにしてもね」

「……」

「ここで預かったわけですから、お仙とやらが取りに来るまで、待ってみやせんか。そしたら、親分さんも掏摸女を捕まえられて」

「——ふざけたことを言いやがる奴だな。持ち主が、こうして来ているんだから、

素直に返してやったらどうでえ。でねえと、おまえも掏摸の仲間だって疑われるぜ」

「どうしてでやす」

「盗んだ物を仲間に預けるって手口は、常套手段だからだよ」

「ああ、なるほど……ですが、その壺とやらは、もうここにはありやせん」

キッパリと辰五郎が言うと、弁蔵は感情を露にして、

「なに！　さっきからグダグダと、てめえ、ふざけてやがるのかッ」

「実は、その壺ならば、南町奉行所の角野忠兵衛って旦那に預けておりやす。そちらに申し出て受け取って下さいやし」

「角野忠兵衛だと……あの〝くらがり〟を扱うぼんくら同心のか」

「そうなんですか。うちのお馴染みさんなんです。預けた方が取りに来ないので、相談したところなんですよ」

「……なんで、それを先に言わなかったんだ、てめえ」

「だって、返せと言われても、違う人に『はい、そうですか』っていうわけにはいかないでしょ。ええ、いくら十手持ちの旦那でもです」

「………」

「それに番頭の利兵衛さんとやら、盗まれた壺は青磁っぽいものですよね」

「あ、ええ……」

「中には、どのくらい入ってたんですか、お金は」

「それは……」

「分からねえんでやすか……それも知らないで盗まれたと……いや、それほど無頓着に入れてたってことですかい。あんな大金を……へえ、そうですかい。しかも、封印は、おたくの店の屋号じゃなかったですがね」

「おいッ……」

弁蔵はさらに苛ついて突っかかろうとしたが、辰五郎は遮って、

「思い出した。〝観音の弁蔵〟っていや、あの浅草の寅五郎一家にいた、二足の草鞋ってえ、評判の悪い……こりゃ、お見逸れいたしやした。申し訳ございやせん」

「てめえ……！」

弁蔵はたしかに以前、浅草の寅五郎一家にいた筋金入りの極道者で、北町奉行所の定町廻り同心から御用を預かっているはずだ。

「ですが、今、申し上げたとおり、角野忠兵衛様に預けておりますので、南町奉行

所へ行って下さいやし」

辰五郎が突き放すように言うと、弁蔵は血が出るくらい唇を嚙みしめて、

「壺のことなんざ、こっちもどうでもよくなったぜ……おまえの素性を暴き出してやるから、覚悟しときな」

と十手を突きつけた。だが、辰五郎は平然と、

「ご随意に。あっしは人に後ろ指さされるようなことは、何ひとつしておりやせん」

そう言って、半ば無理矢理、ふたりとも追い返すのであった。

三

土左衛門の侍が誰だか分かったのは、引き揚げられてから、十日も後のことだった。

身許が分かるような財布や煙草入れ、印籠などは何ひとつ身につけていなかったからである。しかも、何処の大名屋敷や旗本屋敷、御家人の家族や役所からも、行方知れずの届け出がなかったからだ。

浪人かもしれぬと思っていたが、それを調べるとなると、江戸には何万人もいるから大変である。長屋を虱潰しに探しても、店賃を払えずに姿を消した浪人など幾らでもいるだろうから、徒労に終わるであろう。

だが、左の二の腕に火傷の痕があるということから、前科者ではないかと思っていた。侍であっても入れ墨をされることもあるし、それを隠すために、わざと火傷で爛れさせることもあるからだ。

そう考えた勝馬は、いつぞや別件で調べていた、数年前の辻斬り事件のことを思い出した。もちろん〝くらがり〟に落ちたままだから下手人は不明だ。斬られた直後には虫の息だったが、

「浪人者で、う、腕に二本の入れ墨が……」

と担ぎ込まれた自身番で言っていたという記載が残っていた。

だが、殺された者は当時まだ十七歳の若者で、廻船問屋『難波屋』に小僧から入り、手代になったばかりの周造という者だった。凶器も残されていないが、傷痕から刀でバッサリと袈裟懸けに斬られたのは明らかだった。周造は誰かから恨みを買うことなどもなく、まったく手掛かりがなかった。

ところが、勝馬は、その辻斬りの事件から浮かんできた浪人者かもしれぬという

一縷の望みをかけて、前科者となった浪人者を奉行所の控えから探し出していた。該当するのは、わずか数人だった。

浪人たちはほとんど江戸払いになっていたが、ひとりだけ神田佐久間町の〝ふくろう長屋〟という所にいたらしいので、訪ねてみた。が、もう二年も前に出ていったと、大家は話した。

「出ていった……どうしてだい」

勝馬が訊くと、大家は素直に答えた。

「前があるため、仕官が叶わないから、田舎に帰るとのことでしたがね」

「この辺りに火傷の痕はなかったかい」

「ええ、よくご存知で。炭火をひっくり返したとかでね。危うく長屋が火事になるところでした。それもあって出て行ったんです」

「だったら、顔を見れば分かるな」

「分かると思いますよ。これといって特徴はありやせんが、見れば……」

「そうか。なら、土左衛門になって、棺桶に入れて埋められてるが、見てくれ」

「えっ……」

「死んだら人相が変わるが、当人かどうかくらいは分かるだろう」

気味悪がる大家だったが、勝馬は強引に連れて行こうとした。すると、三十絡みの遊び人風の男が声をかけてきた。浪人がいた部屋に、後から入ってきたのだという。

「どうかしたんですかい、大家さん……」

「いや、別にいいんだ。その部屋にいた男のことでね。季作さんとは関わりのないことですから」

「そうかい……大家さんも大変だな」

季作と呼ばれた遊び人風は、ビシッと表戸を閉めた。どうやら、町方同心のことが嫌いなようだが、勝馬はその態度に引っ掛かった。前に住んでいた浪人のことが、気になったように見えたからである。

嫌がる大家を、無縁仏として葬った寺の墓地に連れていき、寺男に掘り起こさせて確かめさせると、「間違いない」という。腐敗が広がっていたので、大家は何度も吐いたが、

——武州浪人の大村佐乃介。

だということは分かった。

もっとも、武州といっても何処の藩かは不明だし、名前も本名かどうか怪しかっ

た。とまれ、ふくろう長屋に起居しており、辻斬りを働いた前科のある浪人であることは、間違いなさそうだった。

偽名であったとしても、土左衛門が大村佐乃介という浪人だと判明したことで、探索がし易くなった。この人物と接しているであろう人間が少しずつ出てきたからである。辻斬りの下手人だとしたら、廻船問屋『難波屋』の手代殺しとの繋がりからも、何か分かるであろう。

鉄砲洲（てっぽうず）には廻船問屋がずらりと並んでいる。湊（みなと）に面した一帯には、その店の蔵や貸し蔵などが何十棟もあった。

その一角に『難波屋』はあった。

勝馬が訪ねると、同じ同心姿の先客がいて、それは忠兵衛であった。

「おや、忠兵衛さん……どうして、ここへ」

「おまえこそ、なんだ。釣りか。この辺りは最高の釣り場だからな」

忠兵衛がそう言ったのは、勝馬が釣り竿を手にしていたからである。

「いえ、これのことで……」

勝馬が掲げた上等な釣り竿は、忠兵衛も覚えている。土左衛門が握っていたものである。

「それより、忠兵衛さんは何用で」

「壺のことだよ」

忠兵衛は『蒼月』に預けられた壺のことを簡単に話してから、持ち主だというこの店の番頭に届けに来てやったという。番頭の利兵衛は、恐縮して忠兵衛に接していたが、ふたりも同心が現れたせいか、びくびくしていた。

「この壺は、おまえのだな」

丁度、風呂敷を開けて、忠兵衛は壺を見せていたところだった。

「——はい。間違いありません」

「だが、辰五郎の話じゃや、青磁っぽい壺だろうと訊いたら、頷いたらしいな。しかし、これは見てのとおり、骨壺みたいなものだ。それに、中には何両入っていたか、はっきり答えなかったそうじゃないか」

「その時は……動転していて……」

「ふうん……」

忠兵衛は店内を見廻しながら、

「これだけの大店の番頭ともなれば、百両くらいの蓄えがあっても不思議ではないが……どうして封印が『難波屋』のではないのか。それを訊きたくてな」

と言ってから、壺の中から『田嶋屋』の封印小判を手にとって見せた。

「どうしてだい」

「ええ、それは……」

「『田嶋屋』ってのも色々とあるだろう。何処の、何をしてる『田嶋屋』だい」

「……」

「こんなことくらい調べれば、すぐに分かる。正直に言った方が身のためだと思うぞ……本当は、おまえのものじゃないんだろ。だが、〝観音の弁蔵〟とやらに、持ち主として届け出ろと脅されたんじゃないのか」

「いえ、そんなことは……」

「そうか。だったら、こっちも真剣に調べ直すことにする。いかにも怪しい金なのでな。たとえ、おまえのものだとしても、殺しと関わってるかもしれないのだ」

「殺し……!?」

「ああ。しばらく預かっておくぞ」

忠兵衛が言うと、勝馬の方が吃驚して、

「その壺が、何の殺しと関わりがあるというのですか、忠兵衛さん」

「おまえは、大村佐乃介のことで訪ねて来たのであろう」

「え……ええッ。どうして、そのことを……」

「仮にも、おまえの上役だぞ。報せがなくても、何をどう調べているかくらいは分かっていないとな」

「……」

「でな。大村佐乃介の名を聞いて、腑に落ちた。その浪人者は、篠原様が都合良く使っていた、いわば密偵みたいなものだ」

「ええッ……」

「番頭……この釣り竿は、おまえのものであろう。九尺三本繋ぎの鯊釣りの竿は、江戸幻という名品だ。なかなか手に出来るものじゃない。売った店を調べたら、誰が買ったかすぐに分かったよ」

「……」

「この時節に鯊釣りはないだろ。何処で糸を垂らしていたのか知らぬが、仏の腐敗の様子と潮の満ち引きなどから、およそ落ちた場所は推察できた。丁度、この辺りだ」

「！……」

「なあ、番頭さん。知っていることだけでいいから、正直に話して貰えないかな」

　忠兵衛が穏やかに声をかけても、利兵衛は首を横に振って、

「い、いいえ……私はただ……大切な壺を盗まれたので、弁蔵親分に相談しただけです……ええ、そうなんです」

「では、どうして『蒼月』に壺が届けられたと、弁蔵親分は知っていたんだい……おかしなことばかりなんだよ。おまえさんの周りを調べていると、色々なことが出てくる」

「や、やめて下さい……私は本当のことを言っているだけです。土左衛門のこととか、その釣り竿のこととか、私は何も存じ上げません……」

「土左衛門……どうして、土左衛門が釣り竿を持っていたと知ってるんだ。俺はそんな話はまだしてないが」

「……え、いえ。そんなふうに聞こえたものですから」

「土左衛門が、大村佐乃介であることも知っていたような様子だったよな。これが別人とは思ってもいない。だから、この〝ふたり〟の関わりを尋ねもしなかった」

「そんな……本当に私は何も……」

　必死に首を横に振る利兵衛を、勝馬はじっと睨みつけていたが、

「大村佐乃介というのは、辻斬りをしていたと思われる。そして、その犠牲者の中

には、周造もいる」

「周造……」

「この店にいた手代だよ。覚えていないか」

「あ、あれは、辻斬りだったのですか」

「――気になるだろう?」

「は、はい……でも、今頃になって、そう言われましても……」

明らかに何かを隠している利兵衛の顔つきを見て、勝馬もわざと言った。

「忠兵衛さん……どうやら、俺たちの見当違いのようですよ。その壺は、本人が自分のものだと言っているんだから、返してあげたらどうですか。土左衛門のことだって、俺たち永尋の仕事ではありませんしね」

「――そう言われりゃ、そうだな」

あっさりと忠兵衛は、壺を利兵衛に渡そうとしたが、

「やっぱり預かっておく。ただの盗みだとしても、お白洲(しらす)で証拠になるからな」

と翻して持ち去るのであった。

「そういうことのようなので、悪しからず」

勝馬も飄然(ひょうぜん)と、忠兵衛を追いかけた。

そんなふたりの姿を――離れた蔵の陰から、季作が凝視していた。勝馬が訪ねた〝ふくろう長屋〟にいた遊び人風である。その顔は、じわじわと険悪に歪んでいった。

四

お仙という名の人気の茶屋女が、両国（りょうごく）の『おかめ』という水茶屋にいると聞いて、美鈴が訪ねてきたのは、忠兵衛から、

――廻船問屋『難波屋』の番頭が怪しい。

と店で聞いた翌日のことだった。

初夏の陽射しと風が強くて、土埃が舞っている中、若い衆が水を撒いていた。店の前で立ち止まった美鈴に、

「おお。こりゃ、別嬪（べっぴん）さん。うちで働きたいんですかい」

と若い衆は目尻を下げて声をかけた。水茶屋は主に武家や商家の若旦那を相手に、艶（つや）っぽい接客をする店である。

「ここに、お仙さんて方がいると聞いたのですが」

「ああ、女将さんですかい。お待ち下せえ」

若い衆はすぐ、店に呼びに入った。

「女将さん……？」

美鈴は人違いかと思ったが、出てきたのは先日、壺を預けて逃げるように立ち去った本人であった。

「おや。やっぱり訪ねて来てくれたかい。さあさあ、中に入っておくれ」

一瞬、気まずそうになったが、お仙も美鈴の顔を覚えていて、と待ち侘びていたかのように対応した。若い衆たちを誤魔化すための態度だということは、美鈴にはすぐに分かった。

店の中には広い座敷があって、そこで複数の女たちと酒を酌み交わしながら、好みの女を客が選んで奥の部屋にいく。長い廊下があって、幾つかの部屋に分かれており、そこでふたりだけで過ごすのだが、そのためには金が加算される。

美鈴は承知しているが、お仙はひととおり説明をし、まるで水茶屋に勤めようとする女に話す様子だった。これも若い衆たちに、何かを気取られないためであろう。

奥の一室に入ると、お仙は急に蓮っ葉な態度に変わった。

「――で、わざわざ私を探し出して、何の用だい」

一瞬、美鈴は面食らったが、むしろ安堵した。この手合いの方が扱い慣れているからである。それほど、美鈴も若いながら、地獄を見てきているのであろうか。

「こんな私でもね、そこそこ忙しいんですよ。店に客を連れて来るために、色々とお付き合いもしなきゃいけないからねえ」

お仙は年増の色気を売りにしているようで、店に入る前に料理屋などへ、商家の若旦那らと〝同伴〟する毎日のようだった。

「預かったものを返そうと思って、探していたのですよ」

「おや、そうかい」

「でも、中身を見て驚きました。南町奉行所の角野忠兵衛さんという同心に預けておりますから、都合のよいときに取りに行って下さい。用件はそれだけです」

美鈴は素っ気なく言ったが、お仙は意外な表情になって、

「へえ……今時、珍しく感心な人がいたもんだねえ。あの壺の中身が、百両もの金だと知ったら、ネコババしたくなろうものを……真っ正直に、御番所に届けるとは」

「いえ。角野さん立ち会いのもとで開けたのです」

「ああ、そうかい。だったら、そっちで処分して下さいな。私の物じゃないので」

あっさりと正直に、お仙は言った。

「私の物じゃない……」

「町方同心絡みってことは、そっちも私の素性を知って来たんじゃないのかい」

「いいえ。人に言えないことでもあるのですか」

「そりゃ一杯あるよ」

お仙はあっけらかんと返事をして、

「あんただって、臑に傷持つ身じゃないのかい。長年、こんな商売をしてるとね、一目見りゃ、どういう筋目で生きてきた人間か、おおよそ見当はつくさね」

「残念ながら、私は板前のお父っつぁんとふたりで、つましく暮らしてきた女です。では、そういうことで」

立ち去ろうとした美鈴の背中に、

「あれは盗んだ金なんだよ……大きな声じゃ言えないけどね。首を十回刎ねられる大金だ……あんたも私の仲間だと思われるよ。もし捕まったら、お白洲でそう証言するから」

しれっとした顔で言った。

振り返った美鈴は、うっすら笑みを浮かべているお仙に向かって、真顔のままで、

「どうぞ、ご随意に。詳しくは知りませんが、町奉行所では色々と探索しているよ

うなので、そのうちあなたも手が後ろに廻ることになるでしょうね。人殺しも絡んでいるようなので」

「えっ。人殺し……！」

明らかに動揺したようなお仙だが、美鈴はそれだけ伝えて、二度と関わりたくないという顔で立ち去った。

――とんだ性悪女のようだ。

岡っ引の弁蔵が言っていたことは嘘ではなかったのだと、美鈴は納得した。

店の表に出た美鈴に若い衆が笑いながら、

「どうでやす。うちで働いたら、一番の売れっ子になること請け合いです」

と声をかけたが、

「あなたも仲間なんですか。盗っ人の」

吐き捨てるように言って遠ざかっていく美鈴を、若い衆は首を傾げて見ていた。


その夜、遅くなってのことだった。昼間と打って変わって、厚い雲が広がり、月明かりもほとんどなかった。

最後の客を見送ったお仙に、「女将さん」とふいに声がかかった。

振り返ると、狐稲荷を祀った小さな社の裏手から、遊び人風が出てきた。

腰を屈めているのは、季作である。

「あっしですよ。ご無沙汰ばかりでござんす」

「――おや……季作じゃないか」

「へえ。兼蔵親分にお世話になってた頃には、随分とご迷惑をおかけ致しやした。どうぞ、ご勘弁下さいやし」

兼蔵というのは、上州の小さな宿場町を根城にしていた渡世人だが、代官に追われる身になって逃げたままだ。

「いつの話をしてるんだい……兼蔵とはとうの昔に縁を切ってるよ。どうせ、何処かで野垂れ死にしてるだろうさ」

「さいでやすね。実はちょいと相談事がありやして……」

「勘弁しておくれな。こちとらスッ堅気で、まっとうな商売をしてるんだから」

「ご冗談を……観音の弁蔵親分に追われる身だってことは承知してやすよ」

「……」

「隠したって、昔の癖は変わらねえってことで」

「脅しても金にはならないよ」

「俺が住んでる長屋にも、南町の奴が調べに来やしたぜ。いや、姐さんが手癖で盗んだ壺のことじゃなくて、大村佐乃介の旦那のことでね、色々と……」

「誰だい、そりゃ。知らないよ」

「ま、姐さんは知らなくても、まったく関わりないことはねえし……昼間も妙な女が訪ねて来てたじゃないですか。ありゃ、角野忠兵衛っていう……」

「聞いたよ。〝くらがり〟の奴だろ。こっちもド素人じゃないんだからさ、なんか勘づいたようだけれど、私は何も関わりない」

「ま、とにかく、話だけでも聞いておくんなせえ」

季作がお仙を暗い路地に連れ込んだ途端、遊び人風が数人、二人を取り囲んだ。お仙の口を押さえて猿轡を嚙ませると、あっという間に、筵で簀巻きにした。そのまま担ぎ上げて路地の奥まで進み、堀川に停めてあった川船に放り投げた。

ドスンと激しい音がして、川船は大きく揺れた。船頭役の遊び人が乗り込むのへ、季作は声をかけた。

「元吉。二度と浮かび上がらないように、そこにある石も幾つか括りつけておけよ」

「へい。抜かりはありやせん」

艪(ろ)を漕ぎ始めた元吉は、季作に頷くと、あっという間に大川(おおかわ)の方へ川船を進めた。幾つかの橋を潜って大川の流れに出ようとした寸前、

――ガツン。

と船底に何かが当たったかのような衝撃で、川船が傾いた。

そのまま川船は強い力で岸の方へ引っ張られる。元吉が目を凝らすと、船の舳先に大きな碇(いかり)のような鉤縄(かぎなわ)が引っ掛かっており、川辺の方から誰かが引っ張っている。

水面に浮かぶ船は、引き寄せるのに大した力は要らない。艪で抵抗しようとしても、あっという間に、船体は岸に近づいていく。艪を握ったままの元吉が見やると、同心姿の者や岡っ引らしいのが何人かいる。

「やべえッ」

元吉は川船から水面をめがけて飛び込み、必死に泳ぎ出した。やがて流れに呑み込まれるように消えていった。川の流れは緩やかに見えても、人が走るよりも速い。

川船が引き寄せられた所には、勝馬が待っていた。

すぐに、簀巻きにされていたお仙は助け出され、近くの自身番に運ばれた。川船に放り投げられた衝撃で、お仙は気を失っており、目覚めたときに、町方同心の勝

馬と忠兵衛の顔があったので、目を丸くしていた。

「魚の餌にされるところだったな。土左衛門がまた浮かんじゃ洒落にならぬ」

勝馬が声をかけても、何が起こったのか、しばらく分からない様子だった。

廻船問屋『難波屋』の番頭に会いに行ったとき、勝馬は長屋で接した季作が尾けてきていたことに勘づいていた。それで、岡っ引に張らせていたら、水茶屋『おかめ』に現れたので、そのまま見張らせていたのだ。

「――お仙だな」

忠兵衛の方が声をかけた。もちろん、忠兵衛は、美鈴から壺とお仙のことは、すでに報されていた。

「分かってて助けたんでしょ。なんでしょうか。盗んだ壺のことなら、何もかも話しますよ。たしか、角野忠兵衛さんですよね……ええ、知ってますよ。知る人ぞ知る、南町にこの人ありって御仁てことは」

「御仁ってほどではないがな……今度の壺のことより、〝くらがり〟に落ちた辻斬りのことの方が気になる」

「……」

「おまえさんも、そのことで土左衛門にされるところだっただろ？」

優しい声で語りかける忠兵衛だが、お仙は多くの修羅場を潜り抜けてきたのか、平然とした態度で、御礼ひとつ言わなかった。

だが、盗んだ壺のことについては、自ら語り始めた。

「まさか、角野の旦那が、あの『蒼月』って店の常連とは思わないから、とっさに預けただけなんだけどさ……ふん。悪いことってのは、できないもんだねえ」

お仙は半ば悔しそうだが、すべてがバレて良かったという安堵感もあるようだ。

「あの壺を盗んだのは、昔の癖が出ちまったってところかねえ」

悪いことをしたと言いながら、お仙は悪びれる様子もなく続けた。

「浅草の浅草寺裏に、小さな破れ寺があるんだけどさ、そこで六斎市と称して、五日に一度、隠し賭場が開かれているらしいんだ。私も詳しいわけじゃないよ。そういう噂を耳にしたものだから、酔った勢いもあって、ついふらふらと店の客と一緒に出向いたんだ」

「俺たちも承知しているがな。寺社奉行支配なので、町方は踏み込めないんだ」

「という理由をつけて、見逃してるだけだろ。ふん……」

裏渡世のことなら、色々と知っているという態度で、お仙は鼻で笑い、

「その隠し賭場の元締めは、旦那方もよく知ってる〝観音の弁蔵〟さね……もちろ

ん、裏には寅五郎一家もいるんだろうね。私は知らないことだけど……その賭場の帳場の奥にある厠(かわや)に繋がる廊下に、幾つかの壺が何気なく置いてある。その中のひとつを持ってみると……」

「持ってみると……」

「長年の勘かねえ……金が入っていると気づいた。しかも百両はあるとね。それで、自分が持っていた風呂敷に包んで、裏口からトンズラを決め込んだのさ」

お仙は自慢げに話したものの舌打ちをして、

「でも、こっちも焼きが廻ったもんだ。見張り役の若い衆が気づいたのか、追いかけてきやがった。足腰が若い頃に比べて弱くなってるからさ、捕まったら何をされるか分からないから……」

「この辺りまで逃げてきて、目についた『蒼月』の美鈴に預けたのだな」

「あの娘、美鈴ってのかい……なかなか、いい玉だから、うちに欲しいくらいだ。性根も据わってるようだし」

本気か嘘か分からぬ様子のお仙に、忠兵衛はさらに問いかけた。

「奴らにとって百両くらい、大した金じゃないだろう。おまえが追われてるのは、別の理由があるのではないのかな」

「別の理由……なんだい、それは」

「分からないよ。だが、俺が釣り上げた土左衛門と関わりがあるのかもしれぬ。だから、しばらく、付き合って貰うぞ。いいな」

忠兵衛が念を押すと、お仙は腹立たしげに、

「なんだい、なんだい。こちとら正直に話したのによ。どうせ、その壺の金は、弁蔵らが客から盗んだも同然の金じゃないか。盗っ人から盗んで、罪になるのかよ」

「なるよ。誰からとか、どんな曰くの金かは関わりない。盗むという行いが罪なのだ」

「屁理屈はいらねえ。こっちは、ずっと客商売してて、腹が減ってんだ。なんか食わせろ。でないと何も話さないぞ、このやろう」

さらに悪態をつくお仙を見ていて、

——いい年をこいて情けない姿だが、もしかしたら、人の親切をまともに受けたことのない女かもしれぬなあ。

と忠兵衛は感じるのだった。

# 五

その翌日、水茶屋『おかめ』に、弁蔵がやって来た。

下っ引を数人引き連れているが、御用聞きとは名ばかりで、その辺りのならず者であろう。客として無理矢理、店に入ろうとするが、お仙は頑なに押し返した。

「そうはいかねえぞ、お仙……おまえが盗んだ壺は返して貰わなきゃならねえ」

弁蔵は十手を突きつけるが、

「しつこいねえ、どいつもこいつも……その壺なら南町奉行所さね。それに、南町同心が、あんたのことを疑ってたようだよ」

「俺の何をだ」

「誰だか知らないけど、辻斬りの下手人と、あんたが繋がってるとかでね……ハッキリそう言ったわけじゃないけれど、胸に手を当てて、よく考えてみなさいな」

お仙は適当に話を盛ったのだが、やはり関わりがあるのか、弁蔵の表情が硬くなった。だが、その話には触れず、

「昨日、誰かに殺されそうになったんだってな。簀巻きにされて」

「よくご存知で……」

「十手を預かってるからな、すぐ耳に入るんだよ」

「そうじゃないでしょ、親分さん……季作は私の昔の亭主の子分だ。そんなことくらい、名のある弁蔵親分のことだから、承知していますでしょ」

「……」

「しかも、季作は江戸に来てから、浅草の寅五郎一家にも草鞋を脱いでたことがあるとかで……親分さんとは顔見知りでしょうが」

「知らねえな」

「その季作が、土左衛門で見つかった大村佐乃介って浪人……今話した辻斬りのね……そいつとも繋がりがあるようだ。大村って人のいた部屋に住んでるしねえ」

お仙は他にも色々と知っているぞとばかりに、艶やかな目を細めて、

「つまり、私を殺そうとしたのは……親分さんの命令でしょ」

「何を馬鹿げたことを」

わずかに気色ばんだ弁蔵を、お仙は睨み返して、

「私には下手に手を出さない方がいいですよ。寅五郎一家を使って殺そうとしても無駄です。誰とだって、刺し違える覚悟は子供の頃からありますから」

「そうかい。見上げた度胸もこれまでだな」

弁蔵が声をかけると、控えていた下っ引たち数人が強引に店に乗り込んだ。

「何するんだいッ」

お仙が悲鳴を上げると、店の若い衆たちも三人ばかり飛び出してきて、「なんだってんだ、このやろう！」とすぐに喧嘩腰になった。弁蔵はそうなることを望んでいたようで、

「てめえらも、お縄になりたくなきゃ、逆らわないでおくんだな」

と十手で若い衆のひとりの胸を突いた。

「この店は、御定法（ごじょうほう）破りの店だ。飲み屋のふりをして、いかがわしいことをしている。店の女たちに売春をさせている咎（とが）で調べるから、大人しく従いやがれ」

さらに、弁蔵が大声を上げて、店の中に踏み込むと――そこには、南町の定町廻り筆頭同心の篠原恵之介と岡っ引の銀蔵（ぎんぞう）がいた。

篠原は場合によっては手段を選ばぬ遣り手の同心であり、銀蔵は還暦近い年でありながら、スッポンのように食らいついたら離れないしぶとい探索をする。岡っ引仲間からも一目置かれている、いや嫌われている存在だった。

「あっ……」

出鼻を挫かれた弁蔵は、歯痒そうに唇を歪めて、

「これは、篠原様……」

「随分と乱暴な探索じゃないか。たしか北町同心の田北から御用札を預かってるな」

「へ、へえ……」

「売春云々と聞こえたが、この店はそんなことはやってないぞ。おまえの息のかかってる浅草のナンタラってとことは違うぜ」

「あ、いえ。それは口実で……この女が、廻船問屋の『難波屋』から百両を奪った疑いがあるんで、それを調べようと……」

「お仙は、『難波屋』から奪ったのではなく、賭場から盗んだと……うちの角野や北内から聞いてるぜ」

「それは、この女の出鱈目ですよ。そんな賭場なんぞ、ありやせんぜ」

弁蔵は言い訳をするが、

「さようか。では、ない賭場から金は盗めまい。もう一度、きちんと調べ直してから、召し捕りに来ればよいではないか」

篠原は、まるでお仙に情けをかけるかのように言った。

「それに、こっちは……お仙の口からも出たが、大村について調べてるんだがな……おまえの名もチラチラ出ているぞ、弁蔵……本当は殺しの証拠を消すために、うろちょろしているんじゃないのか」

「何をおっしゃいやす……まあ、篠原様がおでましなら、こっちがしゃしゃり出る場じゃありやせんよね」

　十手を引っ込めて腰を屈めながら、

「どうぞ、ご存分にお調べ下さいやし。この女は、叩けば積もるほどの埃が舞い上がりやすから、咳き込まねえように」

　と吐き捨てると、下っ引に声をかけて立ち去った。

　お仙が若い衆に「塩を持ってきておくれ」と言ってから、

「助かりましたよ、篠原様……それにしても、角野の旦那といい、あなた様といい、親切ごかしはいいけれど、私を突っついても何も出やしませんよ」

　と投げやりに言うと、

「素直じゃねえ女だな。俺はそういう手合いは嫌いじゃない」

「おや。だったら探索じゃなくて、客として来て下さいな。もっとも、旦那のような安いお手当では、ちょいと無理ですかねえ」

からかうように言って笑うのを、篠原は軽く受け流して、

「弁蔵に殺されるか、俺に手を貸すか……どっちが得か、よく考えることだな」

と意味ありげに語りかけた。

「そうさねえ……私はどう転んでも、ろくな人生じゃないのかねえ」

お仙も自嘲しながら、若い衆が持ってきた塩壺を抱え込むと、地面に叩きつけるようにドッサリと塩を撒き散らした。


その翌日、根津権現近くの立派な町屋敷に、お仙が入っていった。その姿を、密かに尾けてきていた勝馬が通りから見ていた。

ここは、廻船問屋『難波屋』の寮であった。

庭には菖蒲の花が咲いており、何処からか引いてきた水が、池に満ち満ちていた。他にも白い花が咲き乱れていた。

お仙は顔見知りなのか、主人の錦右衛門に招かれるままに、中庭が一望できる奥の一室に入った。

錦右衛門は店のことは、番頭の利兵衛に任せっきりで、自分は隠居同然にほとんどを寮で過ごしていた。散々、金儲けをして飽き飽きしたという顔つきで、毎日、

美味い物を食い、酒を浴びるように飲んでいるのであろう。腹は牛のように肥っていた。

「——お仙さん、だったかねえ……一時は、おまえさんに随分入れあげたが、少しもなびかなかった……金の無心なら断るよ」

意地悪そうに、しかも助平ったらしい顔で、錦右衛門は言った。

「まさか、借金なんかしませんよ」

「では、なんだね。私に抱かれたくなったのかな、むふふ」

「気持ち悪い笑い方をしないで下さいな。残念ながら、金で寝る女じゃありませんよ」

「じらさないで言いなさい」

「では、遠慮無く……」

お仙は軽く咳払いをしてから、

「あなたの正体をばらして欲しくなかったら、黙って千両出して貰いましょうかね。鐚一文まかりませんよ」

「何のことだね」

錦右衛門は表情ひとつ変えず、茶を点てていた。

「私の口から言わせますか……〝観音の弁蔵〟というやくざよりタチの悪い岡っ引とつるんで、公儀の金の延べ棒を、抜け荷してることとさね。分かりますよねえ」

錦右衛門は、お仙の顔をチラリと見たが、茶筅を立て置いて、一笑に付した。

「おまえさんには、茶より酒の方が良かったかねえ」

「酒より金がいいですねえ……旦那。あんたが陣頭指揮を執って、根津のこの寮まで、鉄砲洲から金の延べ棒を運んでいるのを見たという人がいるんだよ」

「ほう。出鱈目もいいとこだね」

「見たってのは、大村佐乃介って……おたくの用心棒をしてた浪人です……用心棒は何人も抱えているから、顔なんぞ覚えておりませんか？　土左衛門で見つかりました」

「………」

「殺したのは、弁蔵だろうってことは、町方も概ね見当を付けてますよ」

お仙は強い口調になったが、錦右衛門は濁ったような目で見るだけで、何も答えなかった。ただ、中庭で掃除をしている下男風の男に目配せをした。

「隠し場所を奉行所へ報せたっていいんだよ。千両なんて、旦那にとっちゃ端金でしょ。安い口止め料だと思いますがね」

お仙も元は渡世人の女房だから、少しばかり凄んでみせた。が、錦右衛門は歯牙にもかけずに、財布から五両ばかり取り出すと、お仙の膝元にポンと投げた。

「駕籠代だ。帰りなさい」

「……本当にバラしていいんだね」

「どうぞご勝手に。だがね、うちから何も出なかったら、おまえこそ、公儀御用達の『難波屋』の看板に泥を塗ることになるからね。ただじゃ済まないと心得ておきなさい……店の方には、また遊びに行かせて貰うよ」

お仙は小判に手を伸ばすと、懐に入れるのかと思いきや、錦右衛門の顔面に向けて思い切り投げつけて、

「分かったよ。じゃ、そうさせて貰います。ごめんなすって」

と裾を捲って立ちあがった。

「いてて……何をしやがる、このアマ……」

「ほら。やくざの地金を出しやがった。さてと次の幕が楽しみだねえ。あ、やっぱり、これ、貰っとくわ」

小判を拾うと小馬鹿にしたように笑って、お仙はさっさと出て行った。

その後を、こっそりと下男風が追いかけて寮から出たが、さらにその後を、勝馬

が尾けていくのであった。

## 六

南町奉行所の永尋書留役の詰め部屋では、忠兵衛が何やら、古い事件を控えた綴り本を捲っていた。その前に座った勝馬は、

「聞いてますか、忠兵衛さん」

「え、ああ……」

「お仙は、どうやら篠原様の手先として『難波屋』に探りを入れたようなのです」

「――篠原様が……まあ、やりそうだな。罪を見逃してやるから、密偵になれって脅すような同心だからな。例の大村だって、何か知らぬが、悪さを見逃して自分の掌中で転がしていたのだろう」

「そんなことが許されていいのですか」

「いけないねえ」

「だったら、きちんと探索をしなきゃいけないんじゃないのですか、忠兵衛さん」

「そう大声を上げるなよ」

忠兵衛は見ていた事件控を「これだな」と指して、

「廻船問屋『難波屋』の周造が辻斬りに遭っただろ。これは、大村が消したのかもしれないな。錦右衛門に頼まれて」

「えっ。錦右衛門が……」

「周造は何らかの口封じに殺され、そして今度は、その口封じに大村が殺された。理由は、金の延べ棒……だな」

「それは、洩れ聞いただけで、どこまで本当かは……」

勝馬は忍び込んだ『難波屋』の寮で、お仙が錦右衛門を脅すのを聞いていたのだ。が、何処まで事実かは分からないという。

「いや、その頃……周造が殺された当時、公儀に届けられるべき佐渡からの金の延べ棒が、目減りしているという噂があったのだ。当然、町方でも探索していたが……『難波屋』が横取りしているという話が浮かび上がった。だが、錦右衛門は調べられるどころか、公儀御用達に成り上がった」

「ということは、もっと偉い誰かが、錦右衛門の裏にいるということですか」

「だろうな。篠原様は、それを調べるために、お仙を利用しているのだろう」

「そんな。もし、お仙に何かあったらどうするんですか」

「そんなことは知ったことじゃない……というのが、篠原様って人だ」

「酷いな……」

「たしかに『難波屋』は、この二、三年で急に羽振りがよくなった廻船問屋だ。さして目立った商いをしているとは思えないが、持ち船も増えたしな。篠原様はそれが気になっているのだろうよ」

「もしかして、お仙に脅させて、自分も金にありつこうって魂胆ですかね」

「まさか。少しくらいは〝ちょろまかす〟かもしれないが、錦右衛門の悪事を暴きたいのだろうよ。たぶんな」

「たぶん……」

「とにかく、おまえは、しばらくお仙から目を離さないでくれないか。篠原様に命じられて、またぞろ危ない橋を渡るかもしれないからな。渡って落ちても自業自得だが」

「――忠兵衛さん……最近、冷たくないですか」

「はは、俺も年を取って、なんだか体を動かすのが億劫（おっくう）になった」

「釣りは朝早くからでも飛び起きて行ってますがね」

「それは遊びだからだよ」

忠兵衛は笑いながら、事件控を閉じて、

「辻斬りをさせた張本人が誰か、公儀の金の延べ棒を奪ったのは誰か……それが判明したら、おまえさんは定町廻りに行けるのではないか。頑張れよ」

「いつも言いますが、まだしばらく忠兵衛さんと一緒にいたいです」

「気持ち悪いことを言うなよ」

「では、ご指示のままに」

勝馬は微笑み返すと、お仙の動きに目を配るため、詰め部屋を後にした。

木枯らしのように風の強い日だった。

夜からの店なのに、早々と暖簾を下げたお仙は、吉原大門を潜っていた。

吉原遊郭は〝女人禁制〟だったが、それは表向きのことで、武家町人を問わず女が出入りできなかったわけではない。商売関係などの大門切手を差し出すことで、通行が許された。遊女が他の女に扮して逃げぬよう、見張りが厳しかっただけである。

お仙が来たのは、吉原遊郭といっても、太夫がいる大きな遊郭が並ぶ、いわゆる〝五丁町〟ではなく、おはぐろ溝に面した羅生門河岸であった。この界隈は、五十文や百文で客を奪い合うような、安見世が軒を連ねていた。

一応、『立花（たちばな）』と屋号を掲げている遊女屋に入ったお仙は、主人を呼び出して、小判二十枚を差し出した。

「お絹（きぬ）を引き取りに来ました。前に約束した二十両。どうぞお確かめなさって下さい」

見世の中、二階に上がる階段の下の帳場で、肥った女将と並んで座っている、精彩に欠けた年寄りの主人が、お仙から金を受け取った。すぐに女将が横から奪って、

「五両、足りないねえ。あれから二年ばかり経ってるんだから、利子だね」

「と言われると思って……」

さらに五両、財布から取り出して渡した。それを見た女将は、

「いやいや。二十五両は返ってきたけれど、その利子がまだ十両ばかりあるからね。まだ娘さんには働いて貰わないとねえ」

欲惚けした顔で、女将はほくそ笑んだが、お仙は啖呵（たんか）を切りたいところを我慢して、

「でもね、女将さん……私の娘はもう、ここに来て丸々二年になるんだ。苦界（くがい）の一年は、千年というじゃありませんか」

「苦界かねえ。私ら、人様を極楽に案内していると思ってますがねえ。殿方が極楽なら、女の方もおまんまが食えて極楽……ここが苦界だと言うなら、そこに突き落とした、借金だらけになった親御さんが悪いんじゃありませんか」

悪辣なことは何ひとつしていない。世間に必要とされている商売だと、女将は居直ったように真顔で言った。だが、お仙は深々と頭を下げて、

「なんとか踏ん張って、こうして貯めたんです。どうか、お願い致します」

「そう言われてもねえ……あんたも水茶屋をやってるんだから、およそのことは分かるだろ。というか、おまえさんも、うちと似たようなことをさせてるんじゃないのかえ」

嫌味たっぷりに女将は言うが、お仙は首を振りながら、

「いいえ。うちの娘たちは、みんな吉原や深川（ふかがわ）の岡場所などに入らずに済むように、なんとか頑張っている娘たちです」

「そりゃ、ようござんした。うちは頑張れない娘ばっかりで……」

「どうか、お絹を返して下さい」

「ふん……自分の娘でもないのに、どうして、そこまで……」

お仙は必死に頭を下げて、

「これで足りなければ、残りはまた必ず持ってきます。ですから、お絹を返して下さい」

と頼むが、女将は承知しないどころか、牛太郎を煽って追い出そうとした。

「お願いです。お絹が出られるなら、私が身代わりになってもいい」

「あはは。幾ら年増好みがいたとしても、あんたの年じゃ話にならないよッ」

女将は二十五両を傍らの金庫に入れた。牛太郎がお仙の腕を取って表に追い出すと、そこには、勝馬が立っていた。

「随分と乱暴だな。娘のお絹とやらを返せ」

「なんですか、旦那……」

「いいから連れてこい。そして、預り証文を見せろ！」

強く言うと、主人の方が狼狽しながら、手文庫の中から、お絹に関する証文を探して差し出した。勝馬はそれを見て、

「借りたのはたったの十両ではないか。それが二年で、二十両でも足らぬとは、利子は年一割五分までという法にも反しているな」

「旦那……ここは吉原ですよ。吉原見廻りでもない人が……」

「うるさいッ。とっとと言われたとおりにしろ。でないと、この場でおまえをお縄

にする。理由なんぞ幾らでも作れる。さあ！」

勝馬は何をしでかすか分からないくらい、気が立っていた。その表情を目の当たりにした女将も算盤を弾いたのであろう。仕方なさそうに、お絹を呼びに行かせた。

牛太郎に連れられて二階から下りてきたのは、まだあどけない顔だちの十五、六の娘だった。

「――こんな若い娘を……入った時には、まだ十三、四くらいなのか」

胸が痛む勝馬は、証文とお仙の渡した二十五両のうち十両を取り返して、「それでも充分だろうが」と吐き捨てるように言った。


腹を空かせていたお絹のために、勝馬はちょっと遠いがと言いながら、『蒼月』まで連れていった。

久しぶりに〝婆婆〟に出たのだから、とびっきり美味い物を食べさせてやりたかったからである。お仙も一緒である。

辰五郎は深い事情を聞いたわけではないが、ふわふわ玉子や田楽大根、蒟蒻の葱味噌煮、狸汁から湯葉、甘豆腐、そして河豚の唐揚げや雑炊を作ってやった。

まだ子供みたいなものだから、贅沢な味わいだと感じたのか、ひとつひとつを口に

運びながら、

「――あったかい……」

と、お絹は嬉し涙を流した。初夏に出す料理にしては、冬場の酒飲みが好みそうなものばかりだが、静かに噛みしめるように味わって食べていた。

その横顔を、お仙はしみじみと見ながら、

「本当に良かった……」

と素直に言った。その口振りは、やっと娘を取り返した母親らしかったが、実はちょっとした訳があった。

お腹が満たされたのか、お絹はとても遊女には見えない、子供のような顔で、

「あたいは……女衒(ぜげん)に連れて行かれるところを、お仙さんに助けられたんです」

と言った。

「いいよ。そんな話は……」

お仙は嫌がったが、お絹は勝馬や辰五郎、美鈴らの顔を見て安堵したのか、素直な言葉遣いで続けた。

「ううん、おっ母さん……聞いて貰いたいんです」

「なんだい。話してみな」

珍しく辰五郎が微笑んで声をかけた。

「はい……私の二親は借金苦で首を吊って死んでしまいました。お仙さんは、その時、たまたま女衒が私を連れて行こうとしたときに、通りかかっただけなんです」

「え……？」

勝馬のみならず、みんな驚いた。

「けれど、自分の娘だと言い張って、止めようとするんです。お父っつぁんは博奕ばかりやっていて、五十両近く借金をしていました。でも、その場で、お仙さんは色々とお金を掻き集めて、三十両ほどを工面してくれました。私のためにです」

バツが悪そうに聞いているお仙は、お酒を頂戴と辰五郎に言った。その横で、お絹は「おっ母さん、本当にありがとう」と背中を愛おしそうに撫でてから、

「でも、まだお金が足らないからって、女衒はそのまま私を、『立花』に……」

「酷い話ね……」

憎々しげに美鈴は言いながらも、同情の目でお絹を見つめていた。辰五郎は深い溜息をついて、お仙に向かって、

「残りを二年がかりで返したってわけか。それにしても、行きずりの娘に、どうしてそこまでできるんだ」

「うちの店の娘たちも、ほとんどはそういう身の上ばかりなんだよ……岡場所に売られるよりマシだろ」

「だから、水茶屋を……」

「そりゃ、助けられない娘も数えきれないくらいいたさ。見て見ぬ振りもした……でも、この子は違ったんだ」

お仙が話しかけて言葉を詰まらせると、お絹はそれに続けるように、

「おっ母さんには、本当にお腹を痛めた娘さんがいたんだって……その娘さんの名前が、お絹ちゃん。年も同じ。でも……三つくらいの頃に、流行病で亡くなったんだって……だから、私のこと、どうしても助けてやるって。待っててねって……うう」

お絹は自分で話していて、嗚咽してしまった。辰五郎もしんみりとなって、

「そりゃ、凄え話だ……忠兵衛の旦那もよく、縁あって関わったからって、色々な人を助けてきたらしいが……なかなかできねえこった」

「悪縁てのもありましたけどね……」

「それは断ち切りゃいい。人の不幸を面白がったり、困ってても知らん顔をするくせに、政が悪いの、世の中がつまらないのと、文句だけは多い輩ばかりだって

のに……あんたは幸せになんなきゃダメだぜ、おい」

説教じみたことを言う辰五郎の表情には、今まで見せたことのないような険しいものが漂っていた。だが、お仙はその顔つきには気づかず、達観したように言った。

「見て見ぬふりをするのは、そいつらが悪いからじゃない……ただ、人ってのは弱いっていうだけですよ」

ぐいっと杯を飲み干したお仙に、美鈴が徳利を傾けながら、

「今宵は、母娘（おやこ）の再会だ……夜通し付き合っちゃおうかな。これも、壺を預けられた縁てことで……あ、もしかして、あの金を使おうとしたんですか」

と訊くと、「おい」と辰五郎が止めた。

その時、奥の小上がりで、コホンと咳がひとつした。

「あれ……忠兵衛さん、いたんですか」

勝馬が振り返ったが、誰がいるかは見えない。すぐさま、美鈴が言った。

「仲良しなんですねえ。咳で忠兵衛さんて分かるだなんて、ふふ」

厨房の格子窓の外には、ぽっかりと月が浮かんでいるのが見えた。

# 七

浅草寺裏の寺は町方が目をつけたので、今日は『難波屋』の寮で、錦右衛門仕切りの賭場が開かれていた。表向きは茶会を装っているが、大店の若旦那なども承知の上で、集まっていた。

そこへ——なぜか、美鈴がやってきた。潰し島田に結った髪には銀簪が光っており、大きな椿の花柄の着物のせいか、美鈴の美貌が一段と輝いて見えた。

大寄せの茶会の亭主として、広い座敷の一角にある炉釜の側に、錦右衛門はいるが、賭場の胴元にしか見えない。

ひとしきり茶を味わった後は、盆蓙を敷いて、まさしく丁半賭博の場となった。

その中で、唯一の女が美鈴であるが、馴染みの商家の若旦那の連れということで、この場に臨んでいた。張り方は、一見出鱈目のようだったが、所詮は丁半しかない。運に左右されるだけだが、〝九半十二丁〟といって、丁になる確率の方が高い。にも拘わらず、美鈴は、ほとんど半に賭けながら、勝ち続けていたのである。

「お嬢……なかなか張り方がいいですねえ」

錦右衛門が近づいてきて、中盆と壺振りの対面に座った。

賭け客が多くなれば、胴元が賭場の真ん中辺りに、双方を見渡せるように座る。その錦右衛門の立ち居振る舞いは、渡世人であるかのように板に付いていた。その姿を見て、美鈴は丁寧に床に手を置いて、

「お初にお目にかかります。盆の座で失礼かとは存じますが、手前生国と発するは越後にござんす。越後といってもいささか広うござんす。弥彦神社は膝元の岩室村にて生を受け、真木にて父親ひとりに育てられ、縁あって上州高崎宿に移りし後、女だてらに壺振りの手慰み。三年前より江戸にて……」

「もういいよ、お嬢。ここは、まっとうな賭場だから、そんな挨拶はいらないよ」

「まっとうな賭場……ですか。茶会ではなかったのですか。素晴らしい点前の茶は戴きましたが、茶碗に賽子を転がして遊ぶ方が楽しい茶会ですものね」

「なんなら、お嬢が壺を振って見せてくれるかい」

「はい。本当は賭けるよりも、振る方が得意でございまして」

「ほう。これは頼もしい。ぜひ、お点前を披露して貰おうかな」

「では、旦那様もお賭け下さい」

「いや。私は……」

「渡世人の賭場なら、胴元が賭けるのは禁じ手ですが、江戸の若旦那衆のお遊びでございましょ。まさか本当の賭け事をしているのではないですよねえ」

美鈴が上目遣いで見ると、錦右衛門は苦笑して、

「では、私も楽しませて貰うことにする」

と言って、片肌脱いでいた壺振りに、交替しろと命じた。片肌抜いでいるのは、イカサマをしないという作法である。

美鈴は愛想笑いを返すと、自分も着物の衿を開いて両袖を垂らし、晒しを巻いた胸くらいまでさらけ出した。おもむろに壺を手にして、賽子を指に挟んで、持ち味などを手首で確かめ、中盆の合図で丁半の賽を揃えてから、壺を振った。

「四三(しそう)の半」

丁に賭けていた錦右衛門は駒札を、中盆に搔き集められた。それから、ずっと錦右衛門が張ったのと逆目ばかりが出て、すべて負け続けたのだが、「妙だな」と感じたのか、

「まさか、イカサマではあるまいな」

と思わず訊いた。

「旦那様……これは遊びとはいえ、私も壺振りで生きてきた女ですよ。しかも、こ

の壺や賽子は、おたくのものでしょ。どうやって、イカサマをやるのです」

「………」

「それとも、おたくは穴熊でもやっているのですか」

穴熊とは盆蓙の下に仲間が隠れていて、針で賽の目を思うように変えるイカサマだ。

「なんですと……」

「そういえば、さっきまで床下でゴソゴソしていた鼠は、眠ったようですが……まさか、そんなことはしてませんよねえ」

「………」

「お集まりの皆様は、まっとうな商人ばかりでしょうし、旦那様にしても丁半博奕で儲けようなんて思ってないでしょ」

押し黙った錦右衛門に、美鈴は畳みかけるように言った。

「おや……本当の賭場みたいに、客から金を巻き上げるのが狙いなのですか。そんなことありませんよねえ……廻船問屋『難波屋』といえば、金の延べ棒を抜け荷して荒稼ぎをしているのですから、こんなせこい稼ぎはしませんよねえ」

「――何を言い出すのだね」

錦右衛門の目の奥が、鈍い色に燦めいた。

「越後生まれですからね。事情は分かります……沖合は抜け荷船だらけですよ。しかも、清国や朝鮮など異国への抜け荷だから、悪いとも思ってないざんしょ。でも、盗んだものでも盗んだら、泥棒だってさ」

「お嬢……何が狙いか知りませんが、つまらぬ冗談はよして下さいね。さあ、お帰りのようだから、お送りしなさい」

落ち着いた声で錦右衛門が言うと、美鈴も余裕の微笑混じりに、

「はい。帰らせて貰いますが、その前に負けた金を払って下さいますか」

「なに……」

「今、ぜんぶ負けましたよね。他の客からは、負けたら金を取り上げますでしょ」

「遊びだと言ったはずだがな」

「ですって、皆さん。負けても払わなくていいそうです。でも、勝ったらその分は貰って帰って下さいね。だって、金の延べ棒の抜け荷でお金は腐るほどありますから」

「――おいッ」

たまらず強い声を上げると、隣室に控えていたのであろう、弁蔵が十手を掲げて

乗り込んできた。他に下っ引が数人いる。

「さあ、出ていけ。ここは茶会。小娘が来る所じゃ……」

弁蔵が十手を突きつけて、肌をさらした美鈴の腕を摑んだとき、

「おや、これは弁蔵親分さん。その節は色々とお世話になりました」

「なに……」

「自分が仕切る賭場だから、都合の悪い奴だけはお縄にするんですか」

ニンマリとしながら言う美鈴を見て、弁蔵は目を丸くした。

「──あ、おまえは確か……『蒼月』の娘……」

「あれは表の顔。こっちが本業ですよ」

美鈴は壺を振る真似をして、弁蔵の十手を叩き落とした。

「ねえ、親分さん。この際、正直に話した方が身のためだと思いますよ。あんたは、その錦右衛門に雇われてるだけ。一緒に死罪にならないように、お奉行様に取り計らって貰ったらどうだい」

「なんだと、このアマ……」

「もっとも一蓮托生なら、仕方ないですけどねえ」

「──おまえは……何者なんだ」

立ちあがって訊いたのは、錦右衛門の方だった。

「私……？　そうですねえ……悪い奴は許せないけれど、特に女を泣かす奴らは、絶対に許せない女でして」

「なに……」

「吉原の『立花』って女郎屋に限らず、借金だらけにした者たちの娘を、拐かし同然に売り飛ばし、こんな形で賭場を開いてる。ただの泥棒じゃなくて、公儀御用達の看板を掲げて、堂々と抜け荷をしている」

「……」

「どうしたんですか、錦右衛門さん……ふつうなら、商人として成り上がったなら、つまらない金儲けからは手を引くのに、それを続けてるってことは、よほど強欲か馬鹿か……それとも生まれ持っている、悪事を働きたい業ってやつですかねえ」

我慢してじっと聞いていた錦右衛門は、思わず「てめえッ」と声を荒らげて、自ら美鈴に摑みかかろうとした。だが、まるで忍者のように反転した美鈴は身構えた。

若い衆たちは匕首や長脇差を抜き払って、問答無用に斬りかかったが、美鈴は相手の動きを見切って避けながら、釜の湯をバッとぶっかけた。

「うわっ……あちち……！」

若い衆たちが悲鳴を上げると、客として来ていた商家の若旦那たちは我先にと、座敷から逃げ出した。

「小娘ひとりに何をやってるんだッ」

錦右衛門は自分を見失ったかのように激怒し、若い衆から取り上げた長脇差をブンと振り鳴らして、美鈴に斬りかかろうとした。だが、美鈴は身軽に跳ねながら中庭に飛び降りて逃げ出した。

とっさに追いかけようとした錦右衛門の前に、別の人影が立った——辰五郎だった。

「誰だ……」

「久しぶりだな、錦右衛門……いや、亀八親分」

「——なに……」

目を細めて見やる錦右衛門は、思わず仰け反るように後退りをした。

「て、てめえ……生きてやがったのか、辰五郎……！」

「悪運が強くてな。おまえとは散々、危ねえ橋を渡ってきたが、まさか背中から斬られるとは思ってなかったぜ」

「——ということは、さっきのは……」

「俺のひとり娘だよ。下手すりゃ、まだ十歳だった娘も一緒にあの世に行ってた」

「……」

「まさか、廻船問屋の主人に納まってるとは思ってもみなかったぜ……あの〝かみなり一味〟と畏れられた盗賊の頭がよ」

〝かみなり一味〟とは、もう十年以上前だが、雷雨のような酷い天候のときだけに、商家の蔵などに押し入って盗み働きをする盗っ人一味だった。辰五郎は、その子分のひとりだったのである。

「で……今度は、娘を使って、探りを入れにきたってわけか……てめえ、いつから、奉行所の手先になったんだ」

錦右衛門は訝しげに訊くが、辰五郎は否定して、

「そうじゃねえ。たまさか、おまえがご執心だった、お仙て女から預かった壺の縁てだけだ……悲しい女の涙を溜める壺だ」

錦右衛門は俄に震えだして、長脇差を投げ出すと、

「か、勘弁してくれ……おまえはたしかに腕の良い盗賊だったが、俺には俺の事情があったんだ……おまえだって、散々、いい思いをしたじゃねえか……おまえのことを代官に黙ってたら、俺の方が殺されたんだよ」

「その代官が、今や勘定奉行様ってか」

「ああ。俺の盗んだ金で、偉くなったんだ。それで……だから、俺が悪いんじゃないんだ……分かるだろう、辰五郎……」

必死に言い訳して両手まで合わせたが、辰五郎は静かに、

「盗みはすれど非道はせず、だったはずだがな……昔話はもういい。今のてめえがやってることは万死に値する。それだけだ」

「許してくれ……金なら幾らでもある……」

哀願するように錦右衛門が言ったとき、天井板が破れて、ガラガラと金の延べ棒がどっさり落ちてきた。一瞬にして、錦右衛門を覆い隠すほどの数だった。

「う、うわっ……」

「おまえの大好きな金に溺れる気分は、どんなもんだい」

「た、辰五郎……てめえッ」

這い上がろうとした錦右衛門の頭に、勢いよく飛んできた金の延べ棒が当たって気を失い、そのまま黄金の上に倒れ伏した。

辰五郎が見上げると、天井裏には、ニッコリと微笑む美鈴の顔がチラリと見えた。

その夜のうちに――。

篠原が捕方らを引き連れて寮に押し込んできて、山ほどの金の延べ棒ごと、錦右衛門らを南町奉行所に連行した。『難波屋』の店にも探索が入り、抜け荷の証拠となる裏帳簿や千両箱なども押収された。

『蒼月』では、何事もなかったように、辰五郎が仕込みをしていた。傍らでは、美鈴がせっせと手伝いをしたり、客入れ前の掃除などをしている。

忠兵衛がぶらりと鯛を数匹、持って入ってきて、

「今日は大して釣れなかった……」

と言いながら、付け台に魚籠ごと置いた。

覗き込んだ辰五郎は目を輝かせて、

「いやいや、立派な鯛でござんすよ。さすがは忠兵衛さんだ」

「この前、黒鯛より、ふつうの鯛の方が〝煎り鯛〟が美味いって言ってたから」

「へえ。腕によりをかけて、作りやす」

忠兵衛が付け台の前に腰掛けると、いつものように美鈴が燗酒を差し出した。

「おっ。もう燗をつけてあったのか」

「そろそろ、いらっしゃるかと思って……人肌です。どうぞ」

美鈴に酌をして貰ってから、忠兵衛がふうっと溜息をつくと、少し遅れて入ってきた勝馬は不満そうに付け台を叩いて、

「また篠原様が手柄を持っていきました。忠兵衛さん、それでいいんですか。俺はどうも納得ができません」

「何がだ」

「な、何がって……『難波屋』の一件ですよ。篠原さんが寮に踏み込んで、一網打尽にしたなんてのは信用できません」

「どうしてだ」

「だって、奉行所に投げ文があって、駆けつけたら、金の延べ棒を抱え込むようにして寝ていただなんて……」

「でも、お白洲ではすべて正直に話したと、大岡様から聞いたがな」

「ええ。自分は元は盗賊の頭領だったとか、訳の分からないことも話してたそうです。そんでもって、勘定奉行にも貢いでいたとか……名指しされた方もいい迷惑ですよ」

「勘定奉行の方はまだ調べ中らしいがな」

「とにかく、俺だって結構いいところまで、追い込んだんですからね」

「それは認めるよ。お仙のお陰だ……」

忠兵衛が慰めるように言って、勝馬に徳利を差し出しながら、

「そのお仙も、もう水茶屋はやめるってよ。店の女たちは色々な所に世話をして、お絹と本当の母娘として、田舎に帰って暮らすそうだ。江戸は飽き飽きしたんだと」

廻船問屋『難波屋』の悪事は白日の下に晒され、読売などで呼びかけたことにより、不法に遊女屋に売られた女たちも解放された。人々の善意が広がり、身請け金の援助まで送られてきたのだ。

世の中を斜に構えてみていたお仙も、此度のことで、人々の温情に涙したという。

「――それは良かったかもしれないけれど……」

「お絹は、おまえが助け出したんだから、もっと祝福してやれよ……俺たち〝くらがり〟としては、昔の辻斬りの下手人が分かり、その下手人の大村佐乃介を殺したのが弁蔵と季作だと見つけ出したのだから、務めは果たせたわけだ」

慰めのような忠兵衛の言い草だが、勝馬も納得して杯を受けた。

「それでも……なんで、錦右衛門があんな所で気を失って寝てたのか……が分から

ないんですよ……捕り物に向かったら、ぶっ倒れていたらしいですからね。不思議だ……」

「俺もそう思う。閻魔様が鉄槌を下したんだろうよ」

忠兵衛はそう言って、早くも酒のお代わりをした。

もちろん、辰五郎と美鈴の素性などは知らない。だが、此度の事件の結末をつけたのは、このふたりではないか——と密かに思っていた。それを口に出せば身も蓋もないだろうと、今宵もいつものように、辰五郎が真心込めた料理に舌鼓を打つのであった。

「この鯛は、俺が釣ってきたやつだぞ。活きがいいから、料理しても美味いんだ」

酔うほどに自慢をする忠兵衛に、勝馬はまだ事件に拘っているのか、

「そうですか」

と素っ気なく答えるだけだった。

そんなふたりを、温かい目で見る辰五郎と美鈴も微笑みあった。格子窓の外には、今日も月が煌々と照っていた。

# 第二話　ごみと女房

# 一

辰五郎がごみを出そうとすると、昨日、出したはずのものが、まだ裏手のごみ溜まりにあることに気がついた。

「おや……昨日はごみ取り人が来る日じゃなかったっけなあ……」

何気なく思って、生ごみを置こうとすると、陽気のせいか蠅がぶんぶん飛んでいる。辰五郎は厨房に戻って、柚などの皮を持ってきて、削ったり絞ったりしながら、ごみの上にばらまいておいた。蠅が近づきにくくなるからである。

それを通りかかった角野忠兵衛が見かけて、

「おや。ここもごみが置いてけぼりかい。困ったもんだな」

と声をかけた。

「おはようございます、忠兵衛の旦那。こりゃ、どうなってんでしょうねえ」

「八丁堀の組屋敷も門前に置いてあるのだが、たまに放っていかれるから、仕方なく燃やせるものは庭で焚き火にするんだよ」

「江戸市中で焚き火は御法度のはずでは」

「そうなのか。知らなかった」

「嘘ばっかり……そういや、ゆうべ春吉さんが、女房にやや子ができたから、祝い酒をふるまってくれって、うちに訪ねて来てやしたよ」

春吉とは、町の嫌われ者と言っていいくらいの悪ガキだったが、ある事件がキッカケで忠兵衛に更生させられた若者である。今は、ごみ取り人として、まっとうに働いているはずだが、

「なんだ。この店に来たなら、少し足を延ばせば俺の屋敷なのに、水臭いな」

と言った。

「なんだか知らないけれど、ちょいと込み入った話をしたがってたようですぜ」

「だったら尚更……まあ、いいや。赤ん坊ができたのなら、こっちから祝いを持って訪ねて行ってみる」

そう言いながらも、手にしているのは釣り竿と魚籠である。永尋は自分がやろうと思わなければ、いつまでも放っておくことができる。気楽な稼業だと嘯いて、

「また、いいところを見繕って釣ってくるからな」

と忠兵衛は釣り場に向かった。

だが、その足で向かったのは、春吉の住んでいる長屋だった。場所は日本橋堀留町だから、少し歩けば着く。牢屋敷のある大伝馬町に隣接している町で、辺りには伊勢町、通旅籠町、田所町などがあるが、元々は六十間河岸と呼ばれていたくらい、諸色の問屋が集まる街として知られている。

春吉の女房となったお蓮という女も、堀留町の一角にある呉服問屋『丹後屋』の娘だった。日本橋界隈では中堅所ではあるが、三十人近い奉公人を雇っている老舗で、二親は他界しているが、年の離れた兄の千右衛門が店を継いでいる。

当然、春吉という町の暴れん坊と夫婦になることなど、絶対に許さないと千右衛門は猛反対したが、

——春吉さんと一緒になれないなら、いっそのこと死んだ方がまし。

と惚れ込んでいたから、親戚一同も認めざるを得なかった。

もっとも春吉だって、元々は町名主の倅だったのだ。が、父親が死んで、母親

も誰かは分からないが旅の男と駆け落ちしたものだから、肉親をなくして暴れていただけだ。そんな身の上や、本当は優しい人間だということをよく知っているお蓮は、一生を供にしたいと決意したのだという。

お蓮は小さな娘の頃から、町内一の別嬪さんだとの評判だった。長じるにつれて、明るい気質とも相まって、ますます可愛げのある娘に育った。嫁の貰い手は引く手数多(あまた)だったので、

――わざわざ貧乏籤(くじ)を引くことないのに。

と店の顧客や近所の者たちには、不思議がられていた。よほど前世からの因縁があるのだろうと思われていた。

忠兵衛が長屋に来てみると、部屋の中で、春吉と女房のお蓮は向かい合って、仲睦まじく朝餉(あさげ)を取っていた。春吉はそれなりに男前だが、やはり世間の評判どおり、不釣り合いの夫婦である。

「朝っぱらから御免。やや子ができたんだってな」

忠兵衛は途中で買った一升の樽酒を、板間にドンと置いた。

「これは、忠兵衛さん……」

腰を上げようとする春吉とお蓮に、

「そのままでいい。俺もすぐに、これだから」

と釣り竿を掲げた。

祝言の席にも呼ばれた忠兵衛ゆえ、お蓮とも顔馴染みである。こんな男の女房になって苦労ばかりだろうと、喉元まで出たが、それも野暮だろうと言わなかった。

その代わり、

「ごみが取り残されてる所が多いが、一体、どうなってるのだ、春吉」

と訊いた。

「あ、それですかい……そのことは忠兵衛さんにも相談しようとは思ったんですが、俺ひとりじゃ、どうしようもないことで」

春吉は曖昧な答え方をしたので、忠兵衛は問い返した。

「どういうことだ。何か問題でもあるのか。ごみのことは、奉行所でもあれこれ話されていると、耳には入っているが」

「ええ……それより、俺が心配なのは、お蓮のことなんですよ」

明らかに春吉は話の矛先を変えたが、懐妊したと聞いていたので、

「赤ん坊のことで、具合でも悪いのか。ならば、八田錦先生にでも相談してみるがよい。八丁堀与力、辻様の組屋敷に住んでいるから、俺が呼んで来てやろう」

と真顔で慌てたように心配する忠兵衛に、春吉は手を振りながら笑った。

「そうじゃないですよ。ほら……このとおり、身重になっても、化粧なんぞせずとも、お蓮は別嬪さんだから、男に言い寄られないか、誰かに攫われないかって心配で心配で、俺ぁ夜も眠れないでやす」

と悩ましい顔つきで言った。

「――その話は耳にタコができるほど聞いたよ。みんな、おまえのことを馬鹿だと言ってるぞ。そういうのを杞憂ってんだ」

「きゆう……なんですか、そりゃ」

「月や星が落ちてこないか心配するのは、馬鹿たれだってことだ」

「そうですか？　何処か山の中に流れ星が落ちたって話は聞いたことがありますぜ。ああ、どうしよう。この長屋に落っこちてきたら、俺とお蓮、お腹の子も大変だッ」

「ずっと考えてろ」

と忠兵衛は笑いながら、

「お蓮さん。何か困ったことがあれば、いつでも俺を訪ねて来なさい」

「もしかして、忠兵衛さんも、お蓮のことを狙ってるんじゃないでしょうね。そういや、ずっと男やもめだからな。安心できねえ。忠兵衛さんといえども……さあ、帰ってくれ」

常軌を逸したように春吉が追っ払う仕草をすると、

「よしなさいよ、おまえさん。せっかく、お祝いに来て下さったのに」

と、お蓮は止めて、忠兵衛に頭を下げた。

「今後とも宜しくお願い致します。春吉さん、こんなこと言っても、忠兵衛さんには感謝しかないって、毎日、話してますから」

仲睦まじいふたりを見て、忠兵衛は安心して釣りに出かけたのであった。

だが、春吉の杞憂は当たった。

突然、神隠しにでもあったように、お蓮の姿が消えたからである。

この日、仕事に出かけて帰ってきた春吉は、天地がひっくり返ったかのように、

「お蓮！　お蓮は何処だあ！　おーい、何処にいるんだ！」

と近所を走り廻って叫んだ。

買い物に行っていただけで、こういう調子のときもあるから、「またか」と知り合いたちは思っていた。実家の『丹後屋』にも帰っていない。春吉は家にじっとしているのがたまらず、自身番に届け出る始末であった。

しかし、日が暮れても帰ってこない。いよいよ長屋の住人たちも、近くの自身番の番人たちも真に受けて探し始めた。

最後に見たのは、二町程離れた小間物屋の店主で、これから暑い時節になるので、新しい団扇を買いに来たとのことだった。そのとき、お腹の赤ん坊のことから産婆の話などをしていたという。

それが昼餉の頃のことだから、明らかにおかしい。一刻程前までは、

「駄目なおまえに嫌気がさして出ていったんだよ」

「きっと他にいい人がいたんだろうよ。あの器量よしだからな」

「お腹の赤ん坊の本当の父親の所へ行ったんじゃねえか」

「おまえのおっ母さんと同じように、逃げたのかもな」

などと冗談を言っていた仕事の仲間たちも、真剣に探し始めた。町を取り囲むように掘割はあるし、日本橋川にも近い。事故も考えられると、知り合いが総出で探し始めた。

忠兵衛がその話を聞いたのは、丸一日、釣りをしてから、『蒼月』に釣果の魚を持って立ち寄ったときである。

「――嘘だろ、おい……」

俄には信じられなかった。いつもの早とちりだと、忠兵衛も思ったのだ。厠に行っていたくらいで、大騒ぎをしたこともある春吉のことである。

「あっしも、そう思ったんですがねえ……つい先刻、真っ青な顔で、うちにも探しに来たんですよ」

「それはえらいことだな。何事もなきゃいいが……」

と言いながら忠兵衛は、少しばかり怪訝そうに首を傾げた。

近頃、春吉と同じごみ取り人が、次々と何者かに脅迫される事件が続いていると、定町廻りの篠原恵之介から聞いていたからである。もしかしたら、そのことと関わりあるのではないかと勘繰った。

忠兵衛は酒を飲むこともなく、不安げに店から出ていくのであった。

## 二

南町奉行所の表門から入った町人溜まりには、町年寄三家の奈良屋、樽屋、喜多村の当主らと、町名主肝煎りが押し寄せていた。ここは訴訟を出した後、決裁をする際やお白洲が開かれるときの待合い場所だが、今日は異様なほど熱気が漂っていた。

町年寄三家とは、徳川家康が江戸に入府した折に、譜代の御家人の中から町人になって江戸行政に携わった者たちのことで、元は武士ゆえ苗字帯刀も許されている。町奉行を支える立場の家柄だから、町政には代々、精通しており、町人を指導する役人同然である。二百数十人に及ぶ各町の名主を統轄し、町奉行所と連絡を持ちながら、細々とした町政を司っていた。

町奉行所の御触れは元より、町役人の監督から町奉行所の収入に関する運上金や地代などの出納、上水道から下水道に当たる側溝や河川の管理など、町人の暮らしに関わる膨大な事案をすべて引き受けていた。市中の治安維持や町火消と連携して、防災に関することも担当している。

まだ若いが、樽屋の当主・三四郎は今般のごみ問題の肝煎りとして、これまでも何度か、大岡越前と話し合いの場を持っていた。だが、さほど改善はされていないため、町名主の代表らが一挙に押し寄せたのだ。

「どうか、どうか。お願いでございます。江戸市中の町々に溢れているごみの扱いは、町奉行所で直に取り扱って下さいまし。我々、〝町人〟の施策では、徹底しないのが実情でございます」

樽屋は殊更町人という言葉を強調して、ごみは奉行所内に、〝ごみ方与力〟でも作って、厳しい罰則も加えて処理して貰いたいと嘆願した。つまり、町人の自治には限界があるから、法制化して欲しいのだ。

奉行所には三十数ヶ所に及ぶ部署があるが、ごみのことはその幾つかに跨っている。神田川浚見廻りなどは深く関わっているが、町年寄らが訴え出てきたことにより、町奉行の〝秘書役〟である内与力や年番方与力が対応に出ていた。

「お奉行様へ直々に申し上げたいと、こうして町々から集まってきたのです。内与力様のお計らいで、どうか……」

懸命に樽屋が訴えると、内与力の佐古と年番方の本藤は困ったように首を竦めた。

「町年寄の樽屋ならば、お奉行と直に面談できる立場。かように大勢、呼び集めなくとも、冷静に話し合えると思うがな」

と佐古は迷惑そうな顔になった。

その態度に、樽屋は少し苛ついて、

「事はごみのことでございます。町場は元より、武家地や寺社地にも、ごみ取り人は出向いて集め、深川や鉄砲洲の沖合の埋め立て地まで川船で運んでおります。この江戸中で、日に二百艘から三百艘もごみが出ているのでございますよ」

と責めるように言った。

「承知しておる」

「ならば、もっと真剣に対応していただきたいと思います。一日、放置されるだけで、どれだけ大変なことになるか、お分かりになりませぬか。ごみがただ溜まるだけではなく、疫痢などの原因にもなります」

「だから、よく分かっておる……」

「分かっているのでしたら、善処なさって下さいまし。武家のごみまで、町人が担っているのです。しかも、武家地は江戸の七割も占めております。町場というのは、わずか一割五分しかありませぬ」

寺社は畑や雑木林を擁していることなどから、ほとんどは自ら処理していることが多いことを説明した上で、

「それでも、足らざるところは町人の手に委ねられております。宜しいですか」

と樽屋は、今日はどうでも引き下がるわけにはいかぬとばかりに、強い口調になった。佐古と本藤はまた目を交わし溜息をついた。

「ご存知のとおり、日頃のごみは、俗に『芥屋(あくたや)』と呼ばれるごみ取り人が扱っております。この者たちが、江戸八百八町と言われる町ごとに雇われており、出され

たごみを、ごみ取り舟や大八車などでごみ捨て場まで運んでおります。ごみ捨て場のほとんどは、町奉行所が管轄している江戸湾の埋め立て島です」

忠兵衛と知り合いの春吉は、自分が住んでいる日本橋堀留町をはじめ、百数十町を受け持っている『富屋』というごみ収集業者に雇われている。

その春吉同様に、人足が何日もさぼったために、周辺の町にはごみが溜まりに溜まり、烏の集会所となり、陽気と相まって生ごみの腐臭が酷いため、人々の暮らしに支障をきたしているのだ。仕方なく、町内の者たちが、町火消の鳶らと一緒に片付ける姿は、あちこちで見られていた。

「このままでは、先程も申しましたとおり、商売や暮らしの邪魔になるだけではなく、火事や疫痢のもとになります。ですから、きちんと御定法を作って、お上の管轄にして下さらないでしょうか」

つまり、根本から幕府が請け負ってくれないかと頼んでいるのだ。町奉行所が放置しているために、曖昧な状況のまま、なんとなく町人が〝仕方なく〟やっていることだったのだ。そうしないと、自分たちの暮らしが困るからである。

「大岡様とは何度かお話ししましたが……私たちは、ごみを集める仕事が嫌だと言っているのではありませぬ」

「……」

「ましてや、与力様たちに働けと申し上げているのでもありませぬ。御定法によって仕組みができれば、私たち町人は喜んで動きます。だからこそ、根拠となる法が欲しいのです。町年寄としては、その法を基にして、町名主たちとさらに協議をしたく存じます」

　樽屋の言い分を聞いていた佐古は、「うむ」と腕組みで頷いて、

「おぬしの言わんとすることは分かる。だがな、樽屋……お奉行が承知せぬということは、ごみは町場の者たちに任せる……ということだ。いや、武家は武家で、大名や旗本にそれぞれ任せており、各家がごみ取り人に金を払って委ねているのが実情だ」

　と言った。樽屋は膝を進めて、

「私たちの話を聞いておりましたか、佐古様……」

　と、さらに態度も口調も強くなった。

「お奉行も、前々から気に留めておられた問題だからこそ、こうしてお願いしているのです。やる気がないのですか」

「まあ、待て、樽屋……」

年番方の本藤が割り込むように口を挟んだ。内与力は大岡の腹心の家臣に過ぎず、奉行所内のことなら、すべて熟知しているのは、本藤の方だからだ。

「ごみ処理をすべて町奉行所で扱うとなると、いわば町奉行所役人と、ごみを扱う業者との間に癒着ができる。それゆえ、町人に任せてきたのだ。奉行所が一手に扱わぬのは、それが理由だ」

「はい。たしかに、その危惧もございましょう。大岡様から言われました。だからこそ、癒着してはならぬ法も整えておけば宜しいのではないでしょうか」

「しかしな……町奉行所としては、ごみ取り舟が運び込む場所だけは、きちんと指定しておる。河川や海が汚れぬようにな」

「奉行所のお役人が、見廻って下さっているとは思いますが、それがあまり守られていないのが現実です。悪徳業者などは、ごみを引き受けるだけ引き受けて、適当な所に捨てていっております」

「そうなのか……」

樽屋とのやりとりを、ずっと聞いていた町名主肝煎りの角兵衛が、思わず前のめりになって、床に手を突いて、

「どうも先程から、のらりくらりと、はぐらかされているような気がしてなりませ

ぬ」

と迫るように言った。

町名主の中でも最も年配と言ってもよいくらいの老体だが、長年、町年寄のもと町政を担ってきた自負があるのであろう。貫禄のある態度である。

「本藤様……よく考えてみて下さい。この不景気な折、巷では、いい腕を持ちながら職にあぶれている者もいる。そのため住む家を追われたり、飢えを凌ぐのがやっとの家族連れもあります」

「………」

「大きな口入れ稼業の者たちも、仕事先を紹介するには限りってものがあります。ですから、ごみを扱う仕事も、公儀普請のように、お上が差配したら如何でしょうか」

「つまり、失業の対策にもなると」

「おっしゃるとおりでございます。町奉行所への奉公同然ならば、誇りも増すというもの。江戸は塵ひとつおちていない、綺麗な町に必ずなりますよ」

角兵衛は自信を持って言ったが、やはり本藤と佐古は真顔で見合って溜息をついた。

「それは、おまえたち町人の都合であろう」

「私たちの願いでございます」

「町奉行所の事業としてやるのは、やぶさかではないが、そうなると日当が安いだの休みを寄越せだの必ず文句を言う輩が出てくる。そのことに対応する余裕は、町奉行所にはない。それゆえ、町々に任せておるのだ」

「要するに厄介なことには関わりたくないということですよね」

ムキになる角兵衛に、困ったように本藤は顎を撫で、

「そう言われたら、身も蓋もないが……とにかく奉行所ではだな……」

と言い訳をしようとすると、また樽屋が今度は慎重に声をかけた。

「御定法さえ整え、例えば御番所が出す鑑札を持たせるなどして、責任を持たせれば、必ず善処します。町年寄には、町場限りの決まり事を出すこともできます」

いわば条例のようなものを制定して、町名主たちに徹底させることができる。もちろん、町奉行所からの許しは必要だ。が、これまでも橋梁や河川、火事対策など様々な事案につき、町年寄が出す〝町掟(まちおきて)〟によって秩序は保たれてきたのである。

「どうか、善処して下さるよう、平に平にお願い致します。必ずや、お奉行様の耳にも届くと信じております」

樽屋は馬鹿丁寧に懇願した。町奉行は多忙であるため、難儀な吟味などについて、〝屏風の陰〟や〝襖の裏〟で密かに聞いていることがあった。樽屋はそれを承知しているかのように、何度も繰り返し、

「お奉行様は常々、民の声を聞くとおっしゃっておられます。それゆえ、様々な施策が実行され、名奉行として江戸町人に信頼されております。どうか、宜しくお伝え下さいませ」

と深々と頭を下げた。つられて、角兵衛ら町名主たちも平伏するかのように、嘆願するのであった。

三

ごみの取り扱いについては、幕閣たちの間でも議案として持ち上がっており、これまでの〝営業許可〟程度の鑑札ではなく、町奉行所の下請けのように立場を強くしてはどうかと話し合われていた。岡っ引が十手を預かるようなものであろうか。

だが、これについては慎重な幕閣も多かった。権威を笠に着て、さらに下の者に押しつけることになりかねない。それに、ごみ取り人に払う金をどう負担するかと

いうことも問題になっていた。

　大岡越前は町年寄や町名主の意見を取り入れて、厳しい「鑑札制度」を導入し、ごみ取扱人を〝御用商人〟同様に扱うようにしようと提案していた。

「そこまで町人の言いなりになる必要はないと思うがな」

　反対の急先鋒は老中の松平備中守であった。これまで、江戸はもとより関八州において、幾多の政策を実現させるために奔走してきた老中らしい態度であった。その自信が満ち満ちているのか、横柄な物腰に見えるのは仕方がないことであった。

「言いなり……ではありませぬ。町人の切なる願いを聞き入れなければならぬ時に来ていると思いますれば」

　慎重に大岡が言葉を返すと、松平は眉間に皺を寄せて、

「おぬしは町奉行だから、短絡的に町人の思いを受け容れたいと言うのであろう」

　と嫌味な目を向けた。

「決してそのようなことは。何より、ごみ問題は喫緊の課題であります。佃島や深川沖の埋め立て地だけでは足りなくなるのも、時の問題です。地震や火事の災害による瓦礫が増えれば尚更のことです」

「分かっておる」

「近頃は放置されたごみが掘割から大川、そして海にまで流れて、不潔な上に、漁師たちの漁猟にとっても弊害になっております。特別な鑑札を出して、厳しく取り締まりながらごみを処理することは、幕府にとって最も必要な事案だと思います」

「最も必要な、か……経世済民を第一義にせねば、江戸も諸藩も財政破綻が起こる。世の中は金を如何に廻すかであろう。ごみが金になるかな、大岡殿」

「それとは問題が別でございます」

「まあ、町奉行所のように金を生み出すことはせず、使うことばかりの役所の奉行では、頭が廻らぬかもしれぬがな」

「町人の安寧秩序を守るのが町奉行の務めでありますれば。それに、町々の入用は町人たち自らの運上金や冥加金、寄付などで成り立っております。金を使うばかり……には当てはまりませぬ」

大岡は名奉行らしく、町人の味方だという姿勢を貫いていた。

「それならば、ごみのことも、これまでどおり町入用で賄えばよいではないか。それに、おぬしが常に唱えておる、町人自治や互助精神に反するのではないか？」

「いや、それは……」

「ごみ問題を梃子にして失業対策を行おうとしている意図も見え見えだ」

松平は嫌みたらしい笑みを浮かべ続け、あくまでも公儀の財政負担になるようなことはしない方がよいとの意見に終始した。だが、大岡も負けじとばかりに訴えた。

「それこそ、真剣に考えて下さいませ。町人たちも危惧しておりますが、ごみが放置されて疫病が広がる現実があり、付け火などで火事にもなりかねませぬ。ですから、私は町火消たち六十四組すべてに見廻りを強化させ、ごみの処理もさせております。それとて限界があります」

「………」

「職にあぶれた者が町中に沢山おり、どこの口入れ屋も紹介のしようがないほどで、橋の下や神社境内などで野宿をせねばならぬ人もいるのです。それをなんとかするのが、公儀の使命だと存じまする」

公金で補助するだけではなく、生き甲斐のある職場を作らねば、一家団欒で幸せに暮らせることもないと、大岡は実感していた。そのことを懸命に訴えると、

「──分かった分かった。そうムキになるな、大岡殿……そのために、どう善処するか、我々は智恵を絞っているのではないか」

と、松平は居並ぶ幕閣一同に向かって同意を求めた。だが、実際は何もしないとばかりに鼻白んだ顔を、大岡に向けていた。

その夜のことであった。

用事があった出先から帰る途中、町名主肝煎りの角兵衛が、何者かにいきなり斬りつけられた。相手は浪人のようだったが、顔はハッキリと見えなかった。

「だ、誰です……なんで、こんなことを！」

悲痛な声を上げると、たまたま通りかかった木戸番の番太郎が駆けつけてきた。

江戸の町は京の都に倣って、六十間四方をひとつの町にしており、概ね一町から三町に自身番と木戸番があった。その一町を九つに割った真ん中に、会所地があって、そこに排水が流れ込み、ごみも捨てるようになっていた。このような町が、江戸市中に千二百ほどあったのである。

木戸番の番太郎は、町木戸を閉める刻限である夜四つ近くになると、拍子木を叩いて〝通行止め〟になる時を報せた。ゆえに、その後は緊急の産婆くらいしか通れず、町内の裏路地に繋がる露地の門も閉じられ施錠され、出入りするには、大家の許しがいる。

その直前の事件であった。駆けつけてきた番太郎は、ほんの一瞬、浪人らしき姿を見て、激しく拍子木を叩いた。これは近在の木戸番へ、怪しい者がいるので早く門を閉じろという合図である。

「これは、町名主さん……！」

番太郎が駆け寄ると、肩辺りを斬られた角兵衛が膝をついていたが、幸い傷は浅く、近くの町医者が手当てする程度で済んだ。

すぐに自身番に、岡っ引の銀蔵が来て事情を聞き、後から南町の定町廻り筆頭同心・篠原恵之介が駆けつけてきた。

実はこれまでも、二、三度、妙な連中から脅されたことがあったので、そのことを角兵衛は伝えた。

「脅される訳でもあるのかい」

篠原が訊くと、角兵衛は首を横に振って、特にないと答えた。

町名主ともなれば、日頃から町内の揉め事の仲裁などをしているし、訴訟沙汰が起こったときには、奉行所に同行しなければならない。ゆえに、知らぬところで恨まれていることもあろう。思い当たる節があれば、何でもいいから話せと、篠原は迫った。

「はい……私が任されているこの日本橋堀留町辺りは、商家が多いので、その分、裏店も多い所です。ご存知のとおり、余所から流れてくる人も少なくないので、揉め事もありますが、近頃はごみのことばかりで、人に恨まれるようなことには……」

関わっていないと、角兵衛は言った。だが、篠原もごみの問題は承知しており、

「もしかしたら、それが理由かもしれぬぞ」

と推察を交えて話した。

「おまえは、自分では面倒見の良い、遣り手の町名主のつもりだろうが、人は厄介な奴だと思ってるかもしれぬぞ」

「何をおっしゃいます……」

「俺は毎日、町中を歩いているが、おまえの良い噂は聞いたことがない」

「それは、こちらも同じです」

と言ってから、角兵衛は口を塞いだ。

「気にすることはない。町方同心なんぞ、評判が良くないのが一番だ……ごみ取り人の鑑札制度を申し出たそうだが、そのことと関わりがあるのではないのか」

「えっ……？」

「ごみの処理と無職者への仕事の斡旋(あっせん)は結構なことだが、それで、おまえが儲けようとしているのではないか……というのが、もっぱらの噂だ」

「私が？　どうやって儲けるのです」

「鑑札を受けるとなると、おまえたち町名主肝煎りに任されるに決まっておる」

「だとして……儲けになるどころか、お上から人足代などが出なければ、こちらの持ち出しになってしまいます」

「そうかねえ……」

篠原は意味ありげな微笑を浮かべて、十手で軽く自分の掌を叩きながら、

「樽屋ら町年寄が考えているのは、町奉行所からごみ取り人の手当をドッサリと貰い、その上前を撥(は)ねて、他のことに使う……ということらしいが」

「まさか……」

「そのためには、正々堂々と公金を手にするための鑑札が必要って寸法だ」

「町年寄さんたちが、さようなことをするわけがありません」

「いや。町を綺麗にするだの、職のない者に仕事を与えるだのと言いながら、本当の狙いはそこだ。口入れ屋稼業の真似事をして、年に何千両にもなると算盤を弾いている者もいるぞ」

確信を持った言い草の篠原に、角兵衛はまったく違うと首を振った。

「むしろ逆ですよ、篠原様」

「逆……？」

「はい。例えば、堀留町を含む数十町のごみを扱っているのは誰か、ご存知ですか」

「さて……」

「本当は知っておいでてでしょ。『富屋』というごみを集める業者です。私たちは〝ごみ問屋〟と呼んでおりますが……『富屋』は日本橋や京橋、神田辺りを中心に、江戸の主立った百数十の町々を扱っております。江戸のごみを独り占めしているといっても過言ではありません」

「それが、なんだ」

意に介さぬという篠原をまじまじと見た角兵衛は、訝しげに訊き返した。

「もしかして……篠原様も『富屋』から袖の下を貰ってますか」

「何を言い出すのだ、貴様。話を逸らすな」

「間違っていたら申し訳ありません。町奉行所には様々な役職の与力や同心がいらっしゃいますが、『富屋』はもう十数年来、そうしてますので」

「確かなのか」

「はい。ですから、早急に鑑札をとお願いしているのでございます」

「ならば、町奉行所としては、『富屋』に鑑札を出してもよいのではないか」

「ええ。それも含めて検討して下さると助かります。ですが……」

角兵衛は『富屋』のことを、あまり良く思っていないのか、苦々しい顔になって、

「主人の孫右衛門さんは、ごみで儲けておりますから、鑑札によって、お上に委ねるなどと……利権は手放さないと思いますよ」

「利権、な……ごみ如きにどのような利権があるのか、俺にはサッパリ分からぬが」

「この町でも、会所地にごみが沢山残ったままなのは、『富屋』が集めないからです」

呆れ果てた顔で、角兵衛は続けた。

「ごみを処分して貰わないと我々が困る。そう訴えたら、孫右衛門はこうです……『ごみを片付けて貰いたかったら、もっと金を出せ。でないと放置しておく』とね」

「脅しているというのか」

「ええ。ごみ取り人たちは、申し訳ないからと処分しようとするのですが、孫右衛

門には逆らえません。『ほったらかしにしておけ。でないと、おまえを辞めさせる』と嫌がらせをしてきます」

角兵衛は深い溜息をついて、

「そういう阿漕（あこぎ）な慣習も改めたい。ですから、奉行所支配の、文字通り綺麗な仕事にして戴きたいのです」

「そのことで、おまえは孫右衛門と揉めていたのだな」

「それは、しょっちゅう……」

「つまり、おまえを斬ろうとしたのは、孫右衛門の手先だということか」

「かもしれません。どうぞ、よくお調べ下さいませ。宜しくお願い致します」

角兵衛は傷の痛みに耐えながら、深々と頭を下げたが、

——こいつも食えない奴かもしれぬな。

と思いながら、篠原はじっと見つめ返すのだった。

## 四

鑑札制度ができれば、『富屋』はこれまでの利益がなくなる。よって、町名主肝

煎りの角兵衛を脅して、嘆願を取り下げさせようとしたと考えた。

篠原と銀蔵は、怪しい奴を手当たりしだい探している間に、

――ごみ取り人の春吉が怪しい。

と目を付けた。

理由は色々あったが、まずは、春吉がその夜、何処で何をしていたか、まったく不明だったからである。

堀留町内の長屋で、ごろりと寝ころんでいた春吉の姿を見るなり、篠原はフンと嘲るように声をかけた。

「金だけ貰って、ごみを集めないとは、大層なご身分だな」

篠原の声に、眠っていた春吉はハッと飛び起きた。すぐに銀蔵が乗り込んで、

「ちょいと番屋まで来て貰おうか」

と十手を突き出した。

同心と岡っ引の姿を見て、春吉の方からしがみつくように、

「えっ……何かあったんですか……お蓮が見つかったんですか！」

と激しく迫った。

「な、なんだ、おめえ……逆らうのか」

銀蔵は十手で春吉の肩を押さえつけようとしたが、元は暴れ者である。逆に手を捩り上げて放り投げると、摑まえようとした篠原にまで頭から突っ込んで押し倒した。

「やっぱり、てめえがやったんだな。観念しやがれ」

本気を出した篠原は倒れながらも、春吉の体を突き飛ばし、殴りかかろうとした。が、春吉も常軌を逸したように、

「どうなんだ。見つかったのか、どこなんだ、お蓮はよ！」

とさらに篠原を突き飛ばし、自棄になったように足蹴にした。背後から銀蔵がまた十手で打ちつけようとしたが、うまく躱して拳骨を顔面に浴びせた。初老の銀蔵はガクッと膝が崩れて、その場に座り込んで、痛そうに顎を撫でていた。

「貴様……！　お上に手を出しやがって、許さぬぞ！」

立ちあがりながら、篠原は思わず刀を抜いて、春吉に突きつけた。

「⁉――」

そこで初めて、春吉は自分がやらかしたことに気づいたのか、

「なんだ……旦那方、なんで俺を……」

「ふざけるな。これ以上、暴れるとぶった斬るぞ！」

珍しく篠原も激昂した顔を見せたとき、長屋の木戸口から、ぶらりと忠兵衛が入ってきた。いつものように釣り竿に魚籠を持っている姿で、同じ町方同心でありながら、無聊をかこっている態度である。

「篠原さん。町人に向かって刀はまずいですよ」

「――なんだ、角野か」

「そいつが何かしでかしましたか。話なら俺が聞きますよ……せっかく、まっとうになって、女房には赤ん坊までできたのに、下らないことで元の木阿弥になっちゃ可哀想だ」

忠兵衛は、篠原と春吉の間に入って立った。その胸に刀の切っ先があったが、

「一体、何があったんです」

と落ち着いた声で忠兵衛が言うと、篠原は仕方なく刀を鞘に収めた。

自身番に連れていくことはなく、春吉の長屋で、篠原は忠兵衛の立ち会いのもと、話を聞くことにした。傍らでは、銀蔵が顎を濡れ手拭いで冷やしながら、顰め面で見ている。

「――親分……大丈夫ですか。どうも、すみません……」

正座をして春吉は謝ったが、銀蔵は「うるせえ」と返すだけだった。

「では、春吉。おまえは、なんで角兵衛を襲ったりしたんだ」

篠原は決めつけて訊くが、春吉は殊勝な態度ながら、

「ですから、俺じゃありやせん。その夜は、ずっと探し廻ってたんですよ。女房を……いなくなってもう三日になるんですぜ。あっしは胸が張り裂けそうで……」

と泣き出しそうになった。

「それについちゃ、こっちも手配りしてやるよ。もしかしたら、おまえのせいで、女房が誰かに拐かされたのかもしれないしな」

「俺のせい……？」

「ああ。評判がよくないからな」

「俺のですか」

「そうだよ。この何日も、ごみを集めなかったそうじゃないか」

「へ、へえ……」

「お陰で、町が臭いだの汚れるだのと、住人たちに文句をつけられてたんだろ。しかも、町名主の角兵衛からも、厳しく叱責されてたそうじゃないか」

「たしかに叱られましたよ。でも、それは……」

「逆恨みしての犯行じゃないのか」

責め立てる篠原に、春吉は落ち着きを取り戻して、素直に話した。

「町々の会所地に出されてるごみは集めちゃならねえって……『富屋』さんから、きつく命じられてたんですよ」

「孫右衛門にかい」

「俺なんか下っ端だから、孫右衛門さんじゃなくて、番頭の伊之助さんに」

「その理由は」

「知りませんよ。俺たちゃ、集めろと言われれば集めるし、休めったら休むし……そもそも集めても、ごみ船が出ないんだから、どうしようもないじゃないですか」

「……」

「それに俺たちが勝手にごみを何処かに持っていったら、それこそ大事だ」

「どうしてだい」

「――どうしてって……江戸には〝ごみ問屋〟が幾つかあるけれど、中でも『富屋』は一番でっけえ。だから、最後の最後は、『富屋』が請け負ってやす」

「で？　ごみを集めないで、孫右衛門は一体、どうしたいんだ。何が狙いなんだ」

「知りませんよ、そんなこと……」

春吉は本当に下っ端の下っ端だから、江戸の市中のごみがどのように流れているかも、さほど知っていなかった。ただ仕事として、決められたことをしていただけである。だから、「集めるな」と上から言われれば、従わないといけなかった。

「ふむ……なるほどな……」

篠原は、角兵衛の話と照らし合わせて、およその見当はつけていた。奉行所扱いにしないのが『富屋』の狙いであろう。

「しかしな、春吉……ごみを集めたところで、所詮は捨てて埋め立てるだけだ。そんなに儲かるとも思えぬのだがな」

「俺には分かりませんよ。雇ってくれるのが『富屋』であろうが、お奉行所であろうが、俺たちは給金さえ貰えれば、働くだけです。だって、女房には赤ん坊が……あっ」

春吉は俄に、お蓮のことを思い出して、また不安が込み上げてきて、

「旦那方ッ。探して下さいよ。急にいなくなるだなんて、そんなことありえねえよ」

「……」

「お互い惚れ合って、生涯添い遂げるって約束したんですぜ。しかも、赤ん坊ができたんです。すごく喜んでたんです……きっと何処かで泣いてます。どうか、どう

か！」

と泣きの涙になって、篠原に縋るように嘆願した。

その姿を、忠兵衛も黙って見ていたが、この一件と関わりあるのかどうか、判断がつきかねていた。いずれにせよ、忠兵衛も色々と手を廻して、お蓮の行方を探していた。が、篠原は同情の欠片もないのか、さらに春吉を責め立てて、傷に塩を塗り込むように、

「おまえと一緒になったのが、運の尽きだな。可哀想に」

「だ、旦那……」

「おまえが町のダニと呼ばれていたのは、そんな昔のことじゃない。大店の娘をたらし込んで嫁にしたのはいいが、所詮は金狙いだ。女房も愛想が尽き果てて逃げたんだろうよ」

「よ、よして下さいよ……あいつは俺に心底、惚れてくれてて……」

「ろくでなしに惚れたって、今更ながら分かったんだろう」

「違うよ。実家にも帰ってねえんだ」

「親御さんたちも、おまえが来たら追い返すよう算段してるんじゃねえか」

「実家っても、すぐそこですぜ」

「俺も娘がいるが、どう考えても、おまえみたいな奴にはやらねえ」

それが親の本音だろうと篠原が言うと、春吉は、まるで罪状でもつきつけられたかのように、本当に落ち込んでしまう。

「——や、やっぱり、俺みたいなろくでなしに惚れたなんて、嘘だったのかな……旦那の言うとおり、嫌になったのかなあ……」

春吉はおいおいと声を出して泣き始めた。大粒の涙を流しながら、恥も外聞もなく、子供のように泣き続けた。その姿を見て、篠原も言い過ぎたと感じたのか、

「だから……見つけてやるって……」

とボソリと言った。

忠兵衛の胸中にも、もやもやとした焦りが広がっていた。

その夜——忠兵衛の組屋敷に、北内勝馬が駆け込んで来るなり、「見つけましたよ」と目を輝かせながら言った。お蓮がいなくなってから、勝馬にも心当たりを探させていたのだ。

「お蓮の居所が分かったのか」

「あ、いいえ。何処の誰かまでは分かりませんが、どこぞの家臣風の侍が何人か、駕籠で連れていったのを見た者がいました」

「武家駕籠……」

「ええ。しかも、葵（あおい）の御紋のついた」

「ええ――!?」

「わずか三町ばかり離れた稲荷神社の前で、お腹が痛かったのか、しゃがみ込んだお蓮らしき女を……見ていたのは、〝とっかえべい〟のガキなんですが、具合が悪いのを助けてるのだと思ったそうです」

「それは、何処へ行ったんだ」

「分かりませんが、永代橋（えいたいばし）の方に向かっていたとのことですから、調べてみたところ、橋番はたしかに、その頃、水に双葉葵の家紋のついた武家駕籠を通したと話してました」

「水に双葉葵……御一門の親戚か譜代が許されている御紋だな」

　忠兵衛は何かピンとくるものがあったのか、腹の底から唸った。〝くらがり〟に落ちた事件とは関係ないとはいえ、どこかでごみのことと繋がっている気もしてきた。

　前々から、掘割や川辺にもごみが浮かんで、釣りにならないので腹立たしく思っていたが、もし春吉の女房が消えたことが、今般のことと関わりがあるとしたら、春吉夫婦は見えない大きな闇の力の犠牲者とも言える。いつもなら、平然とやり過ごす忠兵衛だが、さすがにますます不安が広がって、居ても立ってもいられなくなった。

そこに、「忠兵衛さん、ご無沙汰です」と声があって入ってきたのは、番所医の八田錦であった。白衣ながら、いつもながらの美しいいでたちで、艶やかな笑みも湛えている。

「ご無沙汰といっても、数日ぶりくらいかしら」

「——え、ああ、そうかな……」

忠兵衛は妙によそよそしく返事をした。勝馬がふたりの間に、何かあったのかと勘繰るほどの濃い雰囲気が漂っていた。

「これは丁度良いところに来た、先生……実は、お願いがありましてな」

嬉しそうに忠兵衛が頼み事をしようとするのを、錦は不思議そうに見ていた。

## 五

本所竪川(ほんじょたてかわ)に近い菊川町(きくかわちょう)界隈には、大名の下屋敷や旗本屋敷が並んでいる。商家の蔵屋敷も多い。その一角に一際豪壮な櫓門の武家屋敷があった。

その屋敷内の離れの一室に――。

なんと、お蓮がいた。しかも、まるで武家の側室のような綺麗な着物姿で、ほんのり化粧までしている。

お蓮の前には、まだ二十歳くらいであろうか、表情は暗澹たるもので、今にも死にそうな顔だった。白綸子の羽織姿で、脇差しは帯に挟んでいるものの、どこかひ弱そうな若侍が座っていた。いかにも〝バカ殿〟という雰囲気で、ヘラヘラと笑っている。

悲嘆に暮れているお蓮をじっと見つめて、

「この三日、ろくに物を口にも入れず、茶もあまり飲んではおらぬではないか……大丈夫か、お蓮……」

「――大丈夫ではありません」

消え入るような声で、お蓮は答えた。

「何度も申し上げますが、私の体には、やや子が宿っております。ですから、どうか家に帰して下さいませ」

「いやいや。腹の赤ん坊なら、余の子にしてやるよって、世継ぎにしてもよいぞ」

「お願いです。どうか、どうか……このままでは、赤ん坊にもよくありません」

「大丈夫じゃ。赤ん坊は存外、強いものじゃぞ。余の姉上の子は、未熟で出てきたが、すくすく大きゅうなって、野山を駆け廻っているそうな。案ずるに及ばぬ」

「……」

「それより、どうしてそんな悲しい顔をしておるのじゃ。前は余のことを好きじゃと言うてくれたではないか」

「梅之丞様……どうか、お許しを……」

お蓮が梅之丞と呼んだのは、実は――老中・松平備中守の息子であった。お蓮の実家である『丹後屋』は、松平家の御用商人であり、当主や奥方はもとより、家臣や中間などの着物も扱っていた。

数年前、元服を終えた梅之丞が着物を新調する折に、『丹後屋』の主人・光右衛門と一緒に、山下門内にある松平屋敷を訪ねたとき、初めて会った。光右衛門とは、お蓮の父親であり、兄の千右衛門も同行していた。

そのとき、梅之丞は、お蓮の美貌や笑顔、立ち居振る舞いや言葉遣い、全身からにじみ出る品性や香しい雰囲気に、一瞬にして一目惚れしてしまった。その場で、

「余は、そこもとに会うために、この世に生まれてきたのじゃ。千年前から、こうして会う運命のふたりだったのじゃ」

と言い出し、その後も家老などを通じて、猛烈に嫁に欲しいと言ってきた。

父親の光右衛門は、松平家の若君の嫁にしたい思いがあって連れていったのだが、肝心のお蓮が「武家に嫁ぐのは嫌だ」と乗り気ではなかった。その頃は、まだ春吉とは出会っていないが、たしかに光右衛門も、

――このアホな若君では、お蓮が苦労するかもしれん。

と思い、丁重に断っていたのだ。しかし、梅之丞自らが何度も訪ねて来て、嫁に欲しいというので、光右衛門はいずれ差し上げるのでお待ち下さいと誤魔化していた。

そうこうするうちに光右衛門は急に亡くなり、兄の千吉が後を継いで千右衛門と名乗った。兄の千右衛門は、ハッキリした物言いをする人間だから断っていたのだが、それでも同じことの繰り返しだった。

やがて、お蓮は春吉と出会って一緒になった。そのことを松平家に伝えて、諦めて貰った。千右衛門が春吉との結婚を認めたのは、梅之丞に諦めて貰うという思いもあったからである。

だが、まさか、未だに未練を持っていて、お蓮を拐かしてまで連れてくるとは、常識では考えられないことだった。

「本当にご勘弁下さいまし……梅之丞様。私は夫のある身でございます」

「うむ。承知しておる。そこでじゃな、おまえの夫には欲しいだけ金をやるよって、余の嫁になれ。さすれば、おまえの夫も幸せになり、おまえも余も幸せになる」

「………」

「春吉というそうじゃのう。ああ、家来から聞いた。ごみ集めの人足らしいな。だがな、千両もあれば、さような疲れる仕事をせずに済むというもの……なに、千両では足らぬか。では、二千両、いや三千両ではどうだ」

金を吊り上げるが、お蓮がそのようなことで納得をするわけがない。

「恐れながら若君……私の実家はそんな大金はありませんが、お金に困れば夫婦ふたり、いえ親子三人を助けてくれるくらいの備えはあります。ですので、どうか心配なさらず、私を帰して下さい」

「いやじゃや、帰さぬ」

まるで玩具を奪い取った子供のように、梅之丞は駄々を捏ねた。本当に頭がどうかしているのだと、お蓮は思わざるを得なかった。だが、下手すると殺されるとか、そういう恐怖心は不思議となかった。

「若君は、何でも手に入ると、お思いではありませんか」

「ん……？」

「私も人を羨むことは色々あります。殊に、書や舞踊などの習い事では、人よりも下手で恥ずかしい思いをしました。ですが、自分らしい暮らしができればそれでいいと思っております」

「そうじゃのう」

「それに比べれば若君は、生まれた御家も将軍家に繋がる由緒ある御家柄。学問に秀でておられ、剣術もお強いと伺っております」

「誰がさようなことを」

「御家老様から、嫁に欲しいというときに何度も……」

「それは大嘘じゃ。あはは。余は学問といえば、論語を少しばかり暗誦しているだけで、剣術は木刀すらろくに握ったことがない。ほれ、見てみろ」

両方の掌を広げて見せて、剣胼胝（けんだこ）など少しもないと笑った。たしかに、その白魚のような白い指は、日頃、炊事や洗い物をするお蓮よりも柔らかそうであった。逆に、学問も武術もしていないから、こんな身勝手な人間になったのかと、お蓮は身震いした。

「何もかも手に入る。いや、本当におまえが言うとおり、人が羨むほど、ないものはないのかもしれぬ。余の顔とて、歌舞伎役者のようであろう。それは違うか、あはは」

「いいえ。ご立派なお姿でございます」

「じゃがのう。何もかもあっても、足らぬものがある……おまえじゃ、お蓮……おまえがいない世の中ならば、余は世を儚(はかな)んで死んでしまいたい……あ、洒落ではないぞ」

お蓮は笑う気持ちにもなれなかった。

「なのに、おまえが嫁に行ったと聞いて悲しくなり、家来に命じて連れてこさせたのだが……そんなに夫のことが好きか」

「はい――」

間髪を容れず、お蓮は答えた。すると、梅之丞はしょぼんとなって、

「さようか……でもな、逃げようとしても無駄じゃぞ。家来たちが目を光らせて、この屋敷から逃げられぬようにしておるから」

「――若君は、こんなことをする御仁には見えません。どうか、どうか……」

哀願する目で訴えたが、梅之丞はまったく懲りていないのか、

「そんなに夫のことが好きか」

ともう一度、訊いた。

「はい。天下で一番、大好きです」

「どうしてじゃ」

「人のために頑張っているからです。そりゃ、若いときには悪さもしたかもしれませんが、それとて人のためです。〝義を見てせざるは勇なきなり〟と言いますでしょ。そういう人なのです」

「なるほど。正義と知りながら、実行せぬのは勇気がないからだ、これは論語にある言葉ゆえ、余も知っておる。だからこそ、余も勇気をもって、お蓮を連れてきたのだ」

「…………」

「ならば、その天下一の夫が死んだら、なんとする」

「えっ……！」

「もし、天から星が落ちてきて、夫の頭に当たって死んだとしたら、どうする。おまえのお腹の子は、父なし子になってしまうぞ」

「縁起でもないことを言わないで下さい」

「例えばの話じゃ。そのときは、余が面倒を見るから、安心せい」

「……」

「なんだ、そんな暗い顔をして……ほれ、この顔を見て、にっこりと笑うてくれ。それだけが余の救いなのじゃ」

あまりにも無邪気なのか、善悪の概念に欠けているのか、お蓮には理解のしようがなかったが、まさか春吉を殺してまで自分のものにしようとしているのではないかと、不安が込み上げてきた。

とにかく隙を見て逃げるしかないと心に誓い、じっと耐えているお蓮であった。

## 六

板橋宿(いたばししゅく)は江戸四宿のひとつで、日本橋から出て中山道(なかせんどう)を西に向かう最初の宿場である。

宿場町は、上宿、中宿、下宿と三つに分かれており、それぞれに名主がいた。上宿と中宿の間の石神井川(しゃくじいがわ)に架かる板橋が、宿場名の由来である。下宿は、平尾宿(ひらおしゅく)とも呼ばれ、現在の板橋に近いが、そこの外れには、陣屋か惣庄屋が住んでいるかと思えるような大きな屋敷があった。

さすがに武家を憚って冠木門程度にしているが、それでも門構えをしているところが、ただの町人とは思えなかった。

その屋敷の門を潜る篠原の姿があった。いつもの銀蔵ではなく、若い岡っ引と下っ引を数人従えている。物々しい雰囲気ではないが、明らかに〝江戸〟から来た町奉行所の同心には、宿場役人たちの目が集まっていた。

宿場町は一応、関八州同様に勘定奉行支配である。もっとも町政はともかく、事件に関しては町奉行支配でもあったから、町方同心の姿があったところで問題はない。ただ、事前に何の通達もないところが、宿場役人には不愉快だった。

宿場役人は道中奉行支配である。その何人かは、なぜかこの屋敷の周辺を、まるで護衛するかのようにうろついていた。

篠原が入った屋敷の門内は、庭というより畑が広がっており、垣根で囲まれた一角では鶏が自由に歩き廻っていた。萱葺きではなく、瓦屋根ではあるが、まさに豪農の屋敷であった。

「――これはこれは、篠原様ではございませぬか……かような遠くまで、ご苦労様ですが、何か事件でもありましたか」

野良着姿で作物の手入れをしていた、体つきの大きな男が振り返った。無精髭には白いものが交じっており、少し背が曲がっているとはいえ、農作業で鍛えた太い足腰と日焼けした顔が印象的だった。

「孫右衛門……おまえ、何かしたか」

いきなり篠原が問いかけると、孫右衛門と呼ばれた巨漢は、すぐに屋敷の縁台へと誘い、屋敷の下働きの女や若い衆に声をかけて、茶や菓子を用意するように言った。

広い縁側には、日が燦々と射しており、江戸とは違った牧歌的な風情があった。すぐそこには大きな宿場や街道があり、旅人が往来しているのだが、武士とはいえ八丁堀のせせこましい拝領屋敷と奉行所を往復する毎日の篠原には、羨ましい限りであった。

「茶菓子といっても、桃や枇杷の実などを潰して、米粉に練り込んで焼いたものです。お口に合いますかどうか」

孫右衛門は人の好さそうな笑みを浮かべて、篠原に勧めた。

見た目は素朴で、小さな餡餅のようにしか見えないが、一口で頬張ると、果実の甘さと美味さが混じって、頬がとろけそうであった。篠原は酒好きの辛党ではあるが、甘い物を肴にしていることを、孫右衛門はよく知っていたのである。

茶として出されたのも、酒であった。ほうじ茶のような色合いだったが、樽酒を寝かしたものだという。

「気が利くではないか、孫右衛門……」

満足げに篠原は酒も啜ったが、一息ついたところで、肝心な話をした。

「角兵衛という町名主肝煎りは知っているであろう」

「ええ。よく存じ上げております」

「そいつが、浪人らしき者に斬りつけられた」

「ええ……？」

孫右衛門が驚いたが、その目はまったく動揺していないように篠原には見えた。屋敷の奥には、花札をしながらはべっている浪人も二、三人いるようだ。

「幸い怪我は大したことはないが……やったのはおまえの手先ではないかと疑われている」

「私が……どうしてです」

「ごみの一件だよ。おまえはこうして百姓の真似事をしているが、〝ごみ問屋〟の『富屋』の主人であることは、誰でも知っている。今般、町年寄までが町奉行所に出向いて、鑑札を出せと騒いでいること、知らぬはずはあるまい」

「ええ。角兵衛さんからは、きちんと新たな鑑札を受けて、商いをすればよいのではないか……と肝煎りとして助言を受けました」

「助言を、な……」

「はい。ですから、お奉行所の方で、事が決まれば、私はそれに従います」

孫右衛門は殊勝な態度で、何もかも、お上の仰せのままにと言った。だが、篠原はそれが本意とは思えず、

「ならば、何故、ごみを集めるな……などと嫌がらせをしているのだ。町々の会所地のごみ置き場には、蠅がぶんぶん集る始末になっておる。どうして、そんなことを」

「嫌がらせなどと、とんでもございません……」

「理由を申せ。俺も子供の使いではないのだ。大岡様直々に命じられて来た。さよう心得て、答えるがよい」

「大岡様に……」

さすがに町奉行の名を出されると、適当にあしらうわけにはいかないと思ったのか、神妙な顔つきになって、「申し上げます」と膝を正した。

「町々からごみを集めろと、矢のような催促が来ているのは承知しております」

「だったら、始末してやれよ。八丁堀だって大変なんだ」

「ですが、私どもはいわゆる商人ではありません。物を売って儲ける商いとは違うんです。ごみを捨てる、その手間賃を戴いて暮らしております。荷車屋が売り物を運んだり、飛脚が文を運んだりするようにね」

「そんなことは知ってる」

「けれど、只同然の扱いを受けたら、そりゃ誰だって、働きたくはありませんよ」

「只同然……？」

「そうではありませぬか。もう何年も前から要求していますがね、町々から戴けるのは微々たるもので、人足は三度の飯もろくに食べられませんよ」

「気持ちは分からないでもないが、町人が困ってるのを見て、平気なのか」

「そりゃ、どの町も金不足なのは承知してますよ。だからこそ、私どもでは、借金してでも人足を雇って、江戸を綺麗にしたい一心で片付けていたんです。でも、物事には限りってものがあります。私の手にはもう負えません」

「そうかねえ……」

一商人にしては立派過ぎるくらいの屋敷を、篠原は見廻しながら、

「だったら、鑑札を受けて、お上から援助を受けた方が手っ取り早いじゃないか」

「ですから、そうなれば従うと、角兵衛さんにも伝えております。しかし、この何年もいわばほったらかしです。ですから、私ども『富屋』のような業者が、只同然で働いてきたのでございます」

「只同然とばかり言うが、その割にはこの屋敷は凄いし、江戸の店構えだって立派なもんだ。どうやって金を蓄えてるのだ」

「蓄えてなんぞおりません。暮らすのに精一杯でございます」

孫右衛門の言い草は謙(へりくだ)ってはいるが、三十俵二人扶持の町方同心を見下しているような態度だった。同心の僻(ひが)みかもしれぬが、篠原はそう感じており、どうしても『富屋』が儲かる術を知りたかった。

「しかし、鑑札の制度になれば、おまえが不利益をこうむると、角兵衛は話していた。もし、このまま大岡様が幕閣に事情を話して、新たな鑑札を作るとなれば、江戸市中のごみを事実上、すべて請け負っているおまえの大損になってしまうとな」

「――篠原様……そのような誹謗中傷は、あらぬところから出るものでございます」

「火のないところに煙は立たぬともいうぞ……」

探るように篠原が見ていると、孫右衛門は座敷に上がって、戻ってくると袱紗に入ったものを差し出した。明らかに小判が十枚ほど入っているのが分かる。

「なんだ、これは……」

「お足代でございます。それに、いつもの江戸市中見廻りへの慰労でもございます」

「そうか。遠慮なく貰っておく」

篠原はすぐに懐に入れると、菓子は美味かったと褒めて立ち去った。

座敷の奥にいた浪人がふたり、篠原を尾けた。さらに門の表にいた宿場役人たちも、ぞろぞろとついていった。見張っているぞという、あからさまな態度だったが、篠原は気にする様子もなく、岡っ引たちを連れて下宿まで戻ると、適当な旅籠に入った。

篠原は孫右衛門から貰ったばかりの小判を一枚、岡っ引に渡すと、

「おまえたちは江戸に帰って、角野忠兵衛に『富屋』を徹底して調べろと伝えろ」

と言った。

「旦那は……」

「俺はひとりになった方が、奴らにとっちゃ狙いやすいだろう」

「でも、それじゃ……」

「なんだか知らないが、たまには良いこともしなきゃいけない気がしてきてな」

「大丈夫でやすか」

「孫右衛門には裏があるに違いない。そいつを暴かないことには、同心の名折れだ」

珍しく義を語る篠原を、岡っ引たちは心配そうに見ていた。

# 七

篠原の使いの岡っ引から報せを受けるまでもなく、忠兵衛は『富屋』に探りを入れていた。岡っ引から、孫右衛門の板橋での様子を教えられて、ますます、

――妙だな。

と忠兵衛も考え、店を任されている番頭の伊之助に聞き込みをした。

だが、番頭も物言いは曖昧で、お上が鑑札を導入すれば従うと、孫右衛門と同じことを言うだけであった。

「まあ、それはそれとして……」

忠兵衛は封印小判を四つ差し出して、

「さしあたって、これで町々を片付けてくれぬかな」

「こ、こんなに……！」

目を丸くする伊之助は、困惑して忠兵衛を見つめ返した。

「金の出所は、町年寄三家だ」

「えっ……」

「町人たちが困ってるのを、これ以上、見てられないとのことだ。事実、番所医の話じゃ疫痢に罹った者もいるらしい」

「それにしても、こんな大金……角野様には町年寄たちを動かす威厳というか、力があるのですか……」

「あるわけないだろ。お奉行が命じたのであろうよ」

「さいですか……」

伊之助は百両を手にして、困っているようにも見えた。わざとごみを集めていないことの、後ろめたさがあるのかもしれない。忠兵衛はそうと察して、

「悪いことじゃなかったら、堂々と話せばいいと思うがな」

「えっ……」

「なに、俺は世の中の隅っこを突っついて生きているような同心だから、何となく

分かるんだよ。『富屋』がどうやって儲けているのかってことが」

忠兵衛は鎌を掛けるように話しかけたが、伊之助は小判を金庫に仕舞いながら、

「儲けてなどおりません……人足たちの暮らしを支えるのが精一杯です」

「分かってるよ」

同情するように頷いて、忠兵衛は話を続けた。

「毎日、釣りをしているとな、色々なごみを引っかけることがあって、それでハタと気づいたんだよ」

「え……」

「おまえたちのような仕事を請け負っている者たちがいるから、川も海も綺麗で、魚も気持ちよく棲めるんだってな……知ってのとおり、隅田川ってなあ、上州の方から長い間、土砂が細かくなって流れてきて、意外と川底が黒ずんでいる。だから、江戸湾も決して綺麗とは言えない。だから、時々、浚渫してるだろ」

「はあ……」

「だから、水は澄んでいる。堀川には米の磨ぎ汁なんかが流されて〝白川〟なんて皮肉で呼ばれているが、それはそれで魚の餌になって結構なことなんだ。しかし
……」

「しかし……」

「ごみはいけない。川底に沈んだり、橋脚の周りで渦を巻いたり、海の沖合に流れ出て汚れるどころか、漁師の邪魔にもなる。だからこそ、奉行所が率先して綺麗にするのが一番だと俺は思ってる」

「――はい……」

「だが、『富屋』だけが、反対している」

「いえ、私どもは……」

「上っ面はどうであれ、頑なに反対しているんだよッ」

忠兵衛は珍しく強い口調で言って、

「でなきゃ、町年寄や角兵衛らと一緒になって、善処しようってものだ。ところが、おまえが春吉らごみ取り人に命じているのは、放置しておけってことだ」

「……」

「なぜだ……と色々考えた。そしたら、思い出したんだ」

「――何をです……」

「聞きたいか」

「え、ええ……」

「伊之助。おまえが百姓の出で、ここを働かせたからだろう。違うかい」

と忠兵衛は自分の頭を指した。

「おまえは、板橋宿外れの、それこそ豪農の倅だったそうじゃないか。板橋の主と呼ばれるほどだったらしいな」

「親父の話です……百姓ではなかなか食えないもので、江戸に出稼ぎに来て、孫右衛門さんに拾われました」

「そうらしいな。その頃、『富屋』ってのは、ごみを扱っているのではなく、文字通り富籤を扱う商いをしていたそうだな。寺社奉行から許しを貰わなければならない商いだったが、なぜか、その当時の『富屋』の主人・紋兵衛ってのが死んでる」

「——そうなんですか。その頃のことは、私には……」

「知らないはずがない。十年も前のこととはいえ、その直前に、おまえさんは手代として入っているじゃないか」

「亡くなったのは承知してますが、どういう経緯だったかは……」

「経緯……が気にならないのかい」

「昔のことですので……」

「その直後、『富屋』の屋号だけを残して、〝ごみ問屋〟になった。富籤は派手だが、それほど儲けにはならない。お上や寺社がほとんど持っていくからな。だから、おまえが入れ智恵をした。違うかい」

「……」

「まあ、いいや」

忠兵衛は曰くありげな目つきながら、話を中断して、

「孫右衛門はかねて、江戸のごみ屋から只同然で生ごみを集め、それを一手に引き受けていたが、小作はもとより関八州一帯の農家に譲っていたんだってな」

「え、ええ……」

「それは、どうしてだい」

「作物の肥料にするためです。農家では、自分の家から出るのは知れてますので、江戸からのものは有り難いと……」

「そのことと、此度の一件とは深い関わりがあるよな」

「……」

「生ごみは、肥(こえ)と同じで、田畑に使うと聞いたが、肥取り船はこれも、お上に許されて江戸近郊の村々に運んでいる。その幾ばくかは、お上にも入る」

忠兵衛は苦笑いをして、

「酷い話だろ。お上は、なんやかやと運上金をかけておいて、ひった糞にも冥加金をかけてるようなもんだからな」

いずれも営業税のようなものだが、冥加金は業務独占の謝礼で、運上金は問屋組合などに命じた上納金だった。江戸の商人は、どの業種であっても、お上に金を払うことで、安定した商いが行えていたのだが、鑑札を貰うとなれば、さらに厳しい制約がある。

「それが嫌なのであろう？」

「いえ、そんな……」

「橋の袂などにある〝辻雪隠〟の肥は勝手に持ち帰ってもよかったが、近頃は金がかかるようになった。江戸近在の百姓たちは、江戸の武家や町人に向けて、米だけじゃなくて、茄子、小松菜、大根、牛蒡、蓮根に里芋など野菜を作って、運んでくれる。だけど、自前の厩肥（きゅうひ）や堆肥（たいひ）だけじゃ間に合わなくなって、〝金肥（きんぴ）〟が必要になってきた」

金肥とは、金を払って買い入れる肥料のことである。荏胡麻（えごま）や菜種から油を搾った油粕（あぶらかす）や天日で乾燥させた干鰯（ほしか）、魚油を取った後の〆粕などは重宝された。特に、干鰯は専門に扱う問屋があって、江戸や大坂（おおさか）、金沢（かなざわ）などには、その豪商がいた。干鰯は綿や藍などの栽培に欠かせないからである。

「だが、干鰯などは高価で、江戸近郊の百姓たちには手が出せない。そこで、伊之助……おまえは考えたんだ。安い金肥が手に入れば百姓たちも、自前の肥料を作る手間がかからないし、〝滋養〟にもなる。だから、少々、土の悪い所でも田畑を広げることができる」

「……」

「いいところに目を付けた。俺は本当に感心しているんだ。皮肉じゃない」

忠兵衛は自分が釣った魚と相性の良い菜の物を煮るのが好きだから、よく『蒼月』の辰五郎に頼んでいると話して、

「江戸の人々が食べる野菜作りのために、江戸の町々から出るごみが役に立つとは、自利利他という仏の道に通じるではないか」

と誉め称えた。

だが、やはり伊之助は、忠兵衛には他意があると勘繰ったのであろう。素直に喜んではいなかった。むしろ警戒して、

「ですから、私どもは何も反対などしておりませぬ……主人の孫右衛門も、お上に逆らう気など、さらさらありません。これまでも、きちんと冥加金を払っておりま

す」

「繰り返すがな、伊之助……角兵衛が公儀に提案したことを、『富屋』が快く思っていないのは、たしかであろう」

「……」

「お上がごみを一手に扱ったり、御用制にしたりすれば、孫右衛門は只同然で手に入れていた肥料を、お上に一々、申し述べなくてはならなくなるからだ……しかも、おまえ同様、元々、江戸町人ではない、百姓の孫右衛門には、江戸のごみの御用鑑札が下りないかもしれぬ」

「それは……」

困り顔になる伊之助に、畳みかけるように忠兵衛は迫った。

「だから、尚更、反対だった。それゆえ、角兵衛の行いに対して誹謗中傷を繰り返し、人足たちが誤解を招くような噂まで広めて、挙げ句の果ては嫌がらせのごみ放置……」

「……」

「もう江戸の人々は勘づいておるぞ。人の噂というものは、お上の締め付けよりも、時に大きなうねりとなって、襲いかかってくることもあるというもの」

「では、どうしろと……」

思わず伊之助は縋るような目になった。

「せっかくごみを金肥にするという、よい考えを実践しているのだから、そこは『富屋』で独り占めするのではなく、公に広めることによって……つまり、大勢の者が商えるようにすることによって、『富屋』の儲けも名声も上がると思うのだがな」

「は、はあ……」

得心のいかぬような伊之助だが、忠兵衛は優しく言った。

「孫右衛門を説得するのは、おまえの役目だ……それとも、孫右衛門だけでは済まぬ誰かが後ろに控えているのかな」

「いえ……」

「この際、言っておこう……前の『富屋』の主人を殺したのは孫右衛門かもしれぬ。永尋でも、調べ直しているところだ。もし、それが事実なら、知っていたおまえも罪に問われることになろう」

「……」

「脅すわけではないが、最悪の事態は避けるのが、商人の智恵というものだろう」

忠兵衛はそう言うと、背を向けて店から出ていった。見送る伊之助の表情は、俄に暗くなって、焦りの色が広がっていた。

# 八

同じ日、辰五郎が板橋宿外れの孫右衛門の屋敷に来ていた。初夏というより、真夏のようなヒリヒリとする陽射しであった。

忠兵衛に頼まれたわけではないが、辰五郎は気がかりなことがあると、自分で動いてみるのが癖なのである。

——なるほど、岡っ引らが話していたとおりの警戒ぶりだな。

と感じた辰五郎は、考えるよりも先に門内に入ろうとした。すると門番をしていた浪人者が、壁のように立ちはだかった。

「旦那……腹が減ってんだ。握り飯ひとつでいいから分けて下さいやせんか」

辰五郎が頼むと、浪人は吐き出すように、

「物乞いなら宿場へ行け」

「どうか、お願いでやす。握り飯ひとつでいいんでやす」

「しつこいぞ」

浪人が刀を抜いて脅かそうとすると、その腕を摑んで投げ飛ばし、辰五郎は屋敷内に乗り込んでいった。

「あっ。貴様！」

慌てて浪人たちが追いかけると、野良仕事をしていた孫右衛門が振り返り、

「なんだね、騒々しい」

と面倒臭そうに眉間に皺を寄せた。

「こんな豪勢な屋敷なのに、握り飯ひとつ恵んでくれねえとは、冷てえお人だね」

「おい。早く追い出せ」

孫右衛門が命じると、浪人たちが駆け寄って捕まえようとしたが、辰五郎はそれも軽く投げ飛ばして、

「旦那……『富屋』の孫右衛門さん。ちょいと、いい話があって来たんですがねえ」

とニンマリと笑いかけた。そのあまりにも人を恐れぬ態度と、浪人たちを蹴散らした腕前に、孫右衛門は驚いて、

「なんだね……用心棒なら足りているが」

「こんな体たらくで用心棒が聞いて呆れるが、話はそんなんじゃねえ……『富屋』の集めたごみ、ぜんぶ俺が買おうと思ってね。しかも、すべて、そちらの言い値で」

「――なんですと……」

孫右衛門は訝しげに睨みつけたが、辰五郎も鋭い目つきで、

「それに、角兵衛なんぞ、殺した方がいいと思いますぜ。脅すなんて中途半端なことをするから、町方が動くんでやす」

「……………」

「どうしやす」

色々と裏の事情を知っている様子の辰五郎だが、孫右衛門は胡散臭く思い、

「いいえ。買って貰わなくて結構です。関八州だけで結構な商いになるのでね。これ以上売る余裕など、ありませんな」

「へえ、関八州ねえ……つまり、それだけ手広くやってて、手放せないってわけか」

「握り飯代ならやるから、出ていきなさい」

「でもよ、江戸の大量のごみを、おまえひとりで捌くのは、ちと虫がよすぎない

か」

「……」

「なんなら、おまえが人殺しだってことをバラしてもいいんだぜ。十年前のことだからって安心しなさんな。〝くらがり〟に落ちたのを調べ直すのが得意な町方同心がいるのを、聞いたことくらいあるだろう」

辰五郎はしばらく睨みつけていたが、孫右衛門も意地を張ったように答えないので、

「そうかい……じゃ、失礼するよ。その代わり、あんたの儲けも今日までだ」

と立ち去ろうとすると、「待て」と背中に声がかかった。

座敷に招かれた辰五郎は、目の前に座る孫右衛門の一挙一動を見ていた。

「言い値で買う……とおっしゃいましたな。本当でございますか」

「ああ。嘘はつかねえ」

「さほど金がある御身分には見えませんが」

「人は見かけによらぬってな」

「さいですな……」

孫右衛門はにやりと笑い、

「では、ごみ船一杯、一両でどうでしょう。江戸では、日に二百杯のごみが出ます」

と言うと、さすがに辰五郎も驚いて、目を丸くした。

「ごみ船一杯が一両……そんな額で、本当に誰かが買っているのか」

「はい──」

「おまえは、只でごみを仕入れているわけだから、丸儲けではないか」

「只ではありませんよ。船を借りたり、人足の手間賃、ごみを運ぶ駄賃……でも、まあ色々と差っ引いても、百二、三十両の儲けにはなる。笑いが止まらぬとはこのことですよ」

孫右衛門は辰五郎のことを警戒しているはずだが、何か狙いがあるのか、本当のことを話した。だが、辰五郎が不審そうに、どういうカラクリかを訊いた。

「簡単な話ですよ……ごみをそのまま売るのではありません。ごみを粉砕し、赤土や木屑、枯れ葉などと混ぜて、手で扱える肥料にしているのです。その場所が、この屋敷の裏手に広がってます」

「つまり金肥だな」

「さような上等なものではありませんがね。その手間賃や関八州に向けて運ぶ分を引いても、百両の儲け。月に三千両、年に三万六千両……ちょっとしたお大名気分ですよ」

「なるほど……よく考えたものだ」

「これで農家は手間が省け、こっちも儲けられる。何百という村の庄屋さんには、感謝されてますよ」

　妙に感心している辰五郎に、孫右衛門はほくそ笑みながら、

「さあ、どうします。ごみ船一杯につき、一両で買い取ってくれますかな。そしたら、後はお任せします。私も余計なことはせず、肥料を作ることもなく、寝て暮らせます」

「今でも充分、寝て暮らせると思うが……話はそこで終わるまい」

　探るような目になる辰五郎に、わずかに孫右衛門は口元を歪めて、

「と申しますと……？」

「誰に金が渡っているのか知りたい」

「はて……言っている意味が分かりませんが……」

「おまえひとりで出来ることではあるまい。ごみ船の取り扱いを、おまえひとりに

させたがっている奴は誰かってことだ」

「ふん……やはり、あなたも南町奉行・大岡様の手先ってことですか」

「気になるのか、それが……」

辰五郎が言い終わらぬうちに、用心棒の浪人たちが斬りかかってきた。油断をさせて殺すつもりだったのだろうが、まるで忍びのように辰五郎は反転しながら中庭に逃げ出ると、垣根を軽々と跳び越えて屋敷から出ていった。

浪人が追いかけようと門に殺到すると、そこには、篠原が立っていた。

「——旦那の密偵ですか」

思わず孫右衛門が訊くと、篠原は何のことか分からず、

「おまえと取り引きに来た」

と言った。

「取り引き……これはまた、妙な塩梅になってきましたな」

「うむ。大岡様が取り引きしたいそうだ」

「大岡様が……」

孫右衛門は目を細めて、何か考えに耽っていたが、

「——よろしゅうございます」

と頷いた。

「ならば、俺と一緒にすぐに江戸に来い。おまえに直々に話したいことがあるそうだ」

篠原の思惑が何処にあるのか、さしもの孫右衛門も疑心暗鬼になったが、ここはひとつ賭けに出てみようと思ったのか、

「お供いたしましょう」

と微笑んだ。


その頃——。

本所の松平家の下屋敷では、相変わらず、梅之丞が、お蓮に嫁になってくれるよう懇願していた。疲れ果てたお蓮からは、まったく表情が失せて、今にも死んでしまいそうなほど青白かった。

「なあ、お蓮……頼むから、嫁になってくれ。お願いじゃ。おまえと会った日が、余は忘れられぬのだ。のう、あの日のように、ニッコリと笑うてくれ」

どう考えても頭のおかしい人であろうとしか、お蓮には思えなかった。

それにしても、どうして自分がここまで監視されているのかも疑問だった。何度

か逃げようとしたが、離れの周りには何人もの家臣が常に見張っていた。

「梅之丞様……私には夫がおります。お願いですから……」

「その話は何度も聞いたッ」

それまで大人しくしていた梅之丞は初めて声を荒らげて立ちあがり、

「どいつもこいつも……余のことをバカにしおってからに」

「若君……」

「ここで大勢の家臣が見張っているのは、おまえではない。余のことだ」

「えっ……それは、どうして……」

「父上は阿呆が跡継ぎに生まれてきて、落胆しておるのじゃ」

「そんな……」

「お蓮、おまえだって、そうであろう。頭のとろい〝馬鹿様〟だと思うておるのであろう。だから、余が何度も嫁に欲しいと申し出ても断ってきたのじゃな」

「いえ、それは……」

「もうよい、もうよいッ。父上にとって、松平家にとって、余は余計者……洒落ではないぞ……本当に余計者なのじゃ。おまえにも嫌われた。ならば、こんな世の中はもうよい。いっそのこと、死んでしまいたい。お蓮を道連れにして、あの世に旅立つ。そして、またの世で夫婦になろう」

　常軌を逸したように梅之丞が脇差しを抜き払うと、お蓮は一瞬、驚いたが、何とも言えぬ苦々しい思いになって、

「――そうでございますか……」

　と呟いた。

「ならば若君……ひと思いに、胸を突き刺して下さい」

「なんと……！」

「この世に生まれてきた人は、誰ひとり余計な者はいないと、父に教えられて育ちました。ですから、辛いときや悲しいときも頑張れたし、自分はダメだと思ったときも、心を奮い立たせました」

「……」

「恵まれた御家に生まれながら、自分を卑下し、憐れみ、世の中を少しでも良くしようと考えない若君なら……そんな若君なら……本当に余計者ですッ」

「な、なんじゃ……」

　今までと打って変わって、お蓮は険しい顔になった。

「夫の春吉さんは、それこそ町の余計者だと、みんなに嫌われ、馬鹿にされ、ごみ

扱いにされ、酷いことばかり言われてきました。春吉さんにも色々なことがあったからです……でも、春吉さんは自分のことを、余計者だなんて一度も思ったことありません。私も思ったことありません。だから……」

「だから……」

「ごみだって余計なものは何ひとつない。ごみは人が出したものです。なのに、汚いものだ邪魔なものだと捨ててしまいます。捨てるのは仕方がない。でも、宝にだってできるはずです」

「宝……」

「角兵衛さんたち町名主さんが、ごみを片付けることに奔走しているのは知っています。『富屋』さんのことは、みんな悪し様に言っています。でも、『富屋』さんは、ごみを宝に変えています。それでお金儲けをして、何が悪いのでしょうか」

「………」

「春吉さんは、『富屋』さんがそんな良いことをしていると知っています。だから、『俺は宝探しをしている。宝を集めている。俺みたいなごみでも、役に立つんだ』って一生懸命に！」

「お蓮……」

梅之丞はしだいにシュンとなって、お蓮の顔をじっと見つめていた。

「私のお腹の子だって、余計者なんかじゃない。父親は春吉さんで……私と一緒に大きくなるまで育てる夢があります。宝物です」

「……」

「若君は自分の子にすればいいなんておっしゃいましたが、御免です……春吉さんと引き離されるくらいなら、私はこのお腹の子と一緒に死にますッ。でも、若君とは、またの世でも、決して一緒にはなりません。また春吉さんと出会うまで探して、もう一度、夫婦になりますッ……」

お蓮は強い口調で訴えながらも、目は真っ赤になって、涙がボロボロと溢れてきた。鼻水も垂れてきた。それでも、お蓮は一切、拭おうともせず、唇を震わせながら、唖然となっている梅之丞を睨みつけていた。

その時である。

「ええ、ごみイ！　ごみはないかあ！」

という張りのある声が、屋敷の塀の外から聞こえてきた。

「ごみがあれば、なんでも引き受けるぞ！　ええ、腐ったごみ、いらなくなった材木、虫がついたちり紙……なんでも持ってくよ。ごみイ！　ごみはないかあ！」

「この声は……春吉さん……春吉さんだわ」

すっくと立ちあがったお蓮は、縁側に出て塀の外に向かって、

「ごみ屋さん！　おおい、ごみ屋さん！　大きなごみはいらんかえ！」

と掌を口に添えて、腹の底から声を発した。

声を発しながら、お蓮の表情はみるみるうちに、笑顔に変わっていった。その様子を見ていた梅之丞も、思わず頰を綻ばせ、

「もしかして、あれが夫の声か」

「はい。春吉さんの声です……春吉さん！　私はここにいますよ！」

さらに大声で言うと、すぐさま家臣たちが駆け寄ってきて、

「これ。静かに致せ。表に出てはならぬ」

と命じた。

だが、梅之丞は家臣に向かって、

「うちにはかなりごみがある。そやつを呼んでこい」

「いえ、それは……」

「いいから呼べ！　そやつの顔、余が篤と吟味してやるよって……早うせい！　でないと、おまえは屋敷の金をこっそり盗んでいると父上に告げ口して、辞めさせる

ぞ」

「えっ……」

「余が知らなかったと思うてか、ほら、早うせぬか！」

怒鳴りつけた梅之丞を見て、家臣は渋々、表に出て行った。しばらくして、裏口から入ってきたのは、ごみ取り人姿の春吉と、今ひとり、八田錦だった。

「番所医の八田錦です……南町の角野忠兵衛さんから頼まれて、本所辺りの武家屋敷に連れて行かれたのであろうと、春吉さんとこうして、あなたを探していたんです」

梅之丞は、春吉の顔を見るなり、

「おまえが夫の春吉か……」

「へ、へえ」

春吉は思わず庭に跪いたが、梅之丞は縁側から近づいて、

「さようか……余の方が良い男だと思うが、この際じゃ。おまえに返す」

「えっ……」

「おまえとは、またの世でも夫婦になるそうじゃ。ハハハ。天晴れじゃのう。大した嫁御じゃ、ワッハッハ」

と大笑いしながらも、今度は梅之丞の方が涙を流していた。

それを見ていた春吉は、首を傾げながらも、

――ちょっと、おかしいのか。

と、お蓮を見た。

すぐに駆け下りてきたお蓮を、春吉は抱きしめて、お互い感極まってわあわあと泣き出した。

それを見ている梅之丞もさらに嗚咽したが、錦は黙って見守るしかなかった。

## 九

翌日の南町奉行所――。

お白洲には、羽織袴姿の孫右衛門の姿があった、壇上には、涼しい面差しの大岡越前が悠然と座っており、

「これより『富屋』孫右衛門……おまえの悪行の数々を詮議するよって、すべて正直に話すよう心得よ」

と宣言した。

孫右衛門は驚きのあまり、表情が固まったまま硬直していた。

「悪行の数々……」

ぽつりと孫右衛門が洩らすと、大岡の耳に届いたのか、

「言いたいことがあれば、先に申せ」

「あ、はい……私は、お奉行様からごみのことで話があると、筆頭同心の篠原様に呼ばれて参りましたが、お白洲で裁かれるようなことは、何もしてはおりませぬ」

「しているかどうかは、これからのおまえの発言や世の者の証言、証拠によって決める」

「では、お奉行様、私は如何なる疑いで、この場に呼ばれたのでしょうか」

堂々とした揺るぎのない目で、孫右衛門は大岡を見上げた。自信に満ちており、理不尽で不当な扱いを受けたことに、強く抗議をするかのような態度であった。

「ひとつは、ごみに纏(まつ)わる賄賂(まいない)の一件、もうひとつは『富屋』先代主人・紋兵衛殺しについてである」

「殺し……紋兵衛さんは、殺されていたのですか……！」

「さよう。心当たりはあるか」

「いいえ……」

首を振る孫右衛門を、大岡は凝視して威儀を正し、

「さて、ごみに纏わる賄賂の件からだが……」

と話し始めた。

「町年寄三家並びに町名主肝煎りたちによって、ごみの取り扱いを担う公儀鑑札を要望された。その旨、南北奉行所で検討し、さらに、老中・若年寄ら幕閣にて詮議したところ、此度、町年寄を通じて、町奉行所から鑑札を許された問屋だけが、ごみを扱うこととなった」

「えっ……！」

衝撃を隠しきれない孫右衛門は、俄に自信を失ったように動揺し、

「あ、あまりにも唐突で、驚いております……」

と返すのが精一杯であった。

ごみの処理の仕方をはじめ、担当する町割りの範囲や量、ごみ船の業者への手配などの詳細は、改めて町年寄から、各町名主や地主、家主、さらに〝ごみ問屋〟などに下達すると、大岡は事業変更のあらましを説明した。その上で、孫右衛門に改めて尋ねた。

「そこでだ。『富屋』は如何する。引き続き、ごみを扱うか否か」

「……」

「町年寄を通じて、すでに何軒かの業者から申し出がある。但し、今後は奉行所支配であるため問屋仲間は認めず、すべて町年寄が月番にて指示を出すゆえ、それに従うこととなっておる」

「では、人足代などは……」

「これまで町入用から支払われていたが、今後は町奉行所からすべて出し、〝ごみ問屋〟からは冥加金も運上金も取り上げることはない。但し……」

「但し……」

「そのごみを埋め立て以外に使って利益を得る場合には、一定の冥加金を上納せねばならぬ。その報告や決済などは町年寄が担うこととなる……つまり、金肥などを作ることで得る利益の一部は、新たなごみ処理のために上納するということだ」

「上納ですか……」

「だがそれは、町奉行所が払うことになる費用の埋め合わせに使い、さらにごみ処理のために用いるのであるから、理があろう」

大岡が同意を促すと、孫右衛門は到底、承服できないとばかりに、

「つまりは、『富屋』がこれまでやってきたことを、お上が横取りする……という

ことでございますな」

「……なんと申した」

「ですから、私どもがしてきたことを……」

と言いかけて、孫右衛門はアッと口をつぐんだ。

「やはり、『富屋』は南町でも調べたとおり、江戸府外扱いの板橋宿において、不法に金肥を作って売っていること、認めるのだな」

「……」

「只同然で仕入れたごみを、金肥にすることは悪いことではない。むしろ、奉行所が率先したいところだ。しかし、『富屋』には、干鰯問屋のように肥料を作る問屋として届け出がされておらぬ」

「いえ、それは……」

「堆肥やごみは無料というのが原則ゆえな……それとも、金肥ではなく、関八州の村々に只で配っていたとでも申し開きするか」

大岡が詰め寄ると、孫右衛門は悔しそうに膝の上の拳を握りながらも、

「――いけないこととは、知りませんでした……以降、気をつけますので、この件でのお咎めは、ご勘弁下さいまし」

と訴えた。

「ならば、『富屋』の看板を下ろすがよい。そして二度と、ごみに関わらぬならば、町入用から金を受け取りながら、会所地にごみを放置し続けた罪も許す」

「罪なのですか……」

「さよう。町通りや空き地に荷物を放置しただけで、闕所の上、所払いだ。ましてやごみを放置したり、河川に流したりすれば、遠島の罪となることもある。しかも、鑑札制度を阻止するがための嫌がらせならば、わざとしたことになるゆえ、罪はもっと重くなる」

「！……」

「だがな、孫右衛門……おまえの〝手柄〟を奪うほど、この大岡、狭量ではない」

お白洲に座っている孫右衛門を見下ろしながら、大岡は誘いかけるように、

「引き続き、金肥を作ることに専念し、適切で安価な肥料として売るのであれば、新たに鑑札を出さぬでもない」

「と申されますと……金肥を作ってもよいということですか」

「但し、町奉行所あるいは町年寄が決めた値で売ることに限る。仕入れはこれまでどおり只なのであるから、丸儲けではないか」

「……」

「無理にとは言わぬ。元々、金肥のことを考えたのは、番頭の伊之助とのことだ。こやつに任せようと思ったのだが……実は、『富屋』先代主人・紋兵衛を殺したことを認めた」

「えっ……ええ！」

吃驚する孫右衛門に、大岡は淡々と言った。

「調べて吐かせたのは、永尋書留役の角野と北内だがな」

「永尋……」

「そうだ。十年前の罪も消えてはおらぬぞ……先代が死んだ頃、おまえは『富屋』の手代として働いていたが、富籏屋は儲からないから、ごみに目をつけて、商売替えをしようと目論んでいたそうだな……だが、紋兵衛は承知しない」

「……」

「揉めているふたりのことを、手代として入りたての伊之助は間近で見ていた。伊之助はおまえに親近感を抱いており、考えも正しいと思って、ある夜……」

出先からの帰りに、掘割に突き落とし、這い上がろうとするところを蹴って沈めた。当時、傷などから、事故と殺しの両面から探索されたが、伊之助だと特定することはできず、〝くらがり〟の事案になっていたのだ。

「なあ、孫右衛門……おまえが命じたんではあるまいな」

「伊之助が、そう……？」

「いいや。自分の意志だけでやったと白状した。おまえの知らぬことだと……主殺しは鋸挽の上、磔だ。やむを得ぬな」

「……」

「その一方で、金肥で思わぬ大儲けをし始めると、不法な商いとされぬよう板橋宿に〝本店〟を移し、さらに何かあったときのために、老中・松平備中守にかなりの賄賂を渡していたらしいな」

「えっ……それは……」

「伊之助は正直に話したぞ……松平様は知らぬ存ぜぬを通しているが、ごみの鑑札について、頑なに反対をしていたわけだ……いずれ評定所で明らかになるとは思うが、そうなれば、おまえの立場も危うい」

「……」

「ただの金肥作りに甘んじれば、松平様のことも、しぜんと不問に付されるやもしれぬ。町奉行としては、ご老中を裁く立場にはないゆえな……はてさて、どうしたものか」

大岡はわざと困った顔をしてみせて、

「さて、どうする、孫右衛門。金肥を作るつもりはないか」

「――恐れながら、さような立場ではないと思います。これまでのことは、これまでとして、大人しく隠居しとう存じます」

「さようか。それもよかろう」

ほっと安堵したように孫右衛門は溜息をついた。すると、大岡はさらに続けて、

「後ひとつ、事案があった」

と言う。孫右衛門は訝しげに見上げた。

「角兵衛が襲われた一件だ……軽い怪我で済んだし、殺すつもりもなかったそうだが、人を怪我させても下手をすれば死罪だ。やったのは、おまえの用心棒の浪人。もちろん、おまえに頼まれたとのことだ」

「！……」

「唆(そその)かしたのも同罪、遠島は免れまい」

「いや、しかし、それは……」

「松平備中守様に命じられてのことだったとしても、同じだ」

大岡は、評定所にて合議の後、申し渡すと言って立ちあがった。

「――そんなバカなッ。どうして、私だけが、こんな目にッ」

大岡が立ったまま見下ろして、

「何かあるのなら、今、申せ。評定所にて伝えておく」

と言うと、孫右衛門は打ち震えながら、松平備中守に脅されるように渡していた金のことを白状した。いやむしろ、松平に渡す金を作るために金肥作りに精を出していたことを、縷々として語ったのであった。


数日後――。

小料理屋『蒼月』では、忠兵衛がいつものように、釣ってきた魚を辰五郎に料理して貰って、酒をちびりちびりとやっていた。

客は他に誰もいないので、美鈴が隣に座って、酌をしていた。

「春吉さん、今日もごみ、取りに来てましたよ。会所地に置いとくからと言っても、『料理屋から出た生ごみは金になるから』って、嬉しそうに持ってくんです」

「ま、元気になってよかった」

「お蓮さんも、立派な赤ちゃん、産んで欲しいですよね」

美鈴が銚子を傾けると、辰五郎が声をかけた。

「おまえこそ、さっさと嫁に行って、俺に孫の顔を見せてくれよ」

「毎日、孫孫ってうるさいだろうから、まだ独り身なんです」

「孫といえば、孫右衛門は、大岡様の采配で厳しい沙汰は避けられたようだが、江戸払いの上、代官預かりになった。可哀想な気もするが、悪さはできないものだな」

「へえ。ちょいと同情しやすがね」

「そうか？　ごみを使って何万両も稼いでたんだ。こういうのは立派ではなく、小狡いっていうのだ。きちんと道を踏めば、褒められたのにな」

「ですかねえ……」

辰五郎が穴子の煮付けを出したとき、「いい匂いがするわ」と八田錦が入ってきた。

白衣ではなく、町娘の姿である。とはいっても、父親も医者とはいえ元与力だから、武家娘の格好や立ち居振る舞いに近い。

「これは、錦先生……丁度、良かった。美味しい穴子がね……」

美鈴が声をかけると、すぐ勝馬も入ってきた。

「なんだよ、おい。一緒だったのか」

忠兵衛が残念そうに酒を飲むと、勝馬は首を横に振りながら、

「店の前でバッタリ会っただけです」

と言い、ひとつ席を空けて座った。

「今日は両手に花で一杯やりたい気分ですから。どうぞ、こちらへ錦先生。そして、美鈴ちゃん。さあさあ」

勝馬はもう一杯やっているのかと思うほど、いつもと違ってゆったりした気分のようだった。忠兵衛が、美女ふたりがいるから嬉しいだけだろうとからかうと、

「今日は俺の奢りです。はい――」

と一両小判を出した。

「大岡様から、金一封です。忠兵衛さん、喜んで下さい。御老中の松平備中守様は、評定所で孫右衛門からの賄賂を認めて、潔く隠居をしました」

「てことは、切腹は免れたってことか」

「そういうこと。大岡様は初めから、松平備中守様の賄賂のことを燻り出すために、鑑札のことに二の足を踏んでいたのではありませんかねえ……やはり策士ですねえ」

「かなあ……」

「でも、御家断絶にはならないから、松平家はあの馬鹿君が継ぐってことです。俺はどういう人かよく知らないけれど……お蓮を拐かした罪は問われないんですかねえ、忠兵衛さん」

「お蓮が遊びに行ってたと証言したらしいからな。人がいいのも、いい加減にしないとな。それにしても、噂に聞く馬鹿君では……ちと不安だな」

「相当不安ですよ」

美鈴が横合いから手を伸ばして、勝馬が掲げたままの小判を取り上げた。

「かなり付けも溜まってますし、今後のも含めて、預かっておきますね。うふふ」

「金を見て笑いやがった」

忠兵衛が言うと、勝馬もクスリと笑った。

「なんですか、その笑いは……」

気になったように訊く美鈴に、忠兵衛と勝馬がもう一度、苦笑したとき、篠原が暖簾を割って飛び込んできた。

「――あ、今度は余計なのが来たよ」

と忠兵衛が思わず洩らしたが、一瞬、篠原は「いい匂いだなあ」と鼻を突き上げ

てから、真顔に戻って、

「そうじゃないのだ。錦先生、来てくれ。茅場町の路地に、変死体が転がっているのだ。火傷したような……ちょいと頼む」

と言うなり、錦の手を引っ張った。

「おい。やめろよ」

思わず勝馬が立ち上がり、篠原と錦の手を引き離した。

「なんだ、北内……今、なんてった」

「あ、いえ何も。私も行きます。でないと篠原様、錦先生に何をするか、分かったもんじゃありませんから」

勝馬の方が先に飛び出すと、篠原は腹立ちながらも追いかけ、

「ああ、せっかくの煮穴子なのに……」

と未練を残しながら、錦も追って行くのであった。

「忠兵衛さんは、いいんですか」

美鈴が訊くと、忠兵衛は煮穴子を大切そうに箸先で摘みながら、

「俺はほら……永尋になってからだから」

「でも、勝馬さんも……」

「いいんだ。あいつは、いずれ定町廻りになるからよ」

とパクリと頬張った。

「はあ、美味え……今宵はまた幸せ……」

忠兵衛が目を閉じて味わう姿を、辰五郎と美鈴は微笑みながら見ていた。

遠くでは騒々しい声がし始めた。かなりの大事件なのかもしれぬなと忠兵衛は思ったが、他人事のように舌鼓を打っていた。まさか自分と深い関わりがあるとは、まだ知らぬから、じっくりと美味い物と酒を味わいながら、夜が更けていった。

# 第三話　怨み花

一

南町奉行所の牢部屋の土間にて、八田錦が死体の検分を行ったところ、爆薬で大火傷をしたのだろうとのことだった。

茅場町の一角で見つかった遺体は、どこかの商家の手代らしい姿だったが、着物の上半分が燃えており、火傷で顔のほとんどが爛れていた。岡っ引たちが近所の商家や長屋などを当たっていたが、まだそれらしき人物は浮かび上がっていない。

錦は南町奉行所の、いわゆる〝番所医〟として十日に一度ほど、与力や同心の堅固(けんご)、つまり健康を診に来る。

奉行所の探索方は、定町廻り、臨時廻り、そして奉行命令による隠密廻りを含めても、わずか十四人しかいない。年番方与力を筆頭に、内勤や外廻り百数十人の役人のほとんどは、町政や裁判に関わる地味な仕事に追われている。ゆえに、心身共に疲れが生じれば、町人の暮らしに影響がある。よって、錦のような番所医が交替で詰めて、〝顔色を窺って〟いるのである。

もっとも、この番所医は、不審な死体が上がった場合、死体検分も受け持つ。また、小伝馬町牢屋敷の処刑に立ち会って、死を確認したり腑分けをしたりすることもある。秘密保持を要する場合が多いので、町医者の中でも信頼されている者がなる。

多くは、小石川養生所医師が受け持つが、小石川から南北の町奉行所までは離れているし、緊急を要する場合は、予め決まっている番所医が担うのである。

錦の父親は元は町方与力で、小石川養生所見廻りだったが、貧しい人々が充分に医療を受けられない現状を見て、自分自身が医者になろうと決意した。そして、役人を辞め、長年、養生所医師として多大な功績を残したのだが、疲労と病で亡くなった。

ゆえに錦は、父の後を継いで医者になったものの、患者の治癒よりも、人々が病にならぬよう心がける、いわば〝予防医学〟を旨としていた。もちろん、漢方のみならず蘭方医学も長崎にて学んできた才女であるゆえ、診察や治療も行っている。

「——死因は火傷ではなく、釘のようなものが心の臓に突き立ったのが決め手のようですね。ご覧のとおり、体には二十数本の鋭く尖った釘のようなものが刺さってます」

筵に横たわっている手代風の男の顔は、白目を剝いて唇が捲れて曲がっており、体がスルメのように捩れている。

発見された時には、まだ死体は生暖かく、万歳をして仰け反ったような姿で見つかっていた。その時には一瞬、熱湯でも掛けられたのかと、錦も思ったが、遺体のみならず、周辺には無数の釘のような尖った金物が飛び散っていた。

火薬の臭いも残っていたので、爆弾のようなものを受けて死んだとも思われた。だが、これだけの爆破が起こったとなれば、夜のことであるし、近くの人々も音や閃光などに気づいたはずだが、岡っ引の聞き込みでは、今のところ何もない。

「では、別の所で殺されて、運ばれて来たということかな……近くには堀川もあるし、日本橋川にも繫がっている。あり得なくはないな……」

南町の定町廻り筆頭同心・篠原恵之介は無残な亡骸を見ながら言ったが、錦は体に突き刺さっている釘のようなものを一本一本、丁寧に抜き取りながら、

「これは、大工が使う〝ケガキ針〟じゃないかしら……目に見えないくらいの小さな穴を開けたりするのに使う、千枚通しのようなものです」

と見せた。

受け取った篠原も丁寧に並べながら見て、

「そのようだな……これは柄の部分から取り外しが出来るようになっているのもあるから、それを集めたのかな」

と唸った。

「それを火薬に詰め込んで、飛び散るようなカラクリにしていたとなると、こいつを確実に殺したかった奴の仕業かもしれぬな」

「さあ、それはどうかしら……」

錦の美しい横顔を見て、篠原はゾクッとなった。

「じゃ、先生の見立てでは、事故だとでも？　もしかして、こいつは火薬を取り扱う職人かなんかで、失敗して自分で、爆薬を浴びてしまった。そして、たまさか心の臓に針か釘か知らないが、突き刺さって死んだ」

「凄い推察ですね。仏様の掌や指には、長年、火薬を練り込む仕事をしていたような、痕がありますものね。まさに火薬職人の手……でも、それならなぜ、あんな場所に倒れていたのでしょうか」

「――先生は、どう考えるんだ」

「さあ、分かりません」

事もなげに、錦は淡々と言った。

「私は、ご覧のように検分し、死因が何かを特定するための事実を調べるだけです。このご遺体が、何処からどうやって来たのか、なぜ路地に倒れていたのか、身許は誰なのか、どうやって火薬を爆破したのか、あるいは爆破させられたのか……などを調べるのは、篠原様のお仕事ですので」

「おいおい……投げ出すようなことを言うなよ、いくら美人だからって」

「美貌とは関わりありません」

「あ、やはり自分は綺麗だと思っているんだな、先生」

「女なら、誰でも美しくありたいです」

「えっ、やはり先生も女だったんだ。奉行所内では、〝はちきん先生〟つまり、金玉が八個ある、四人分の男勝りって評判だがね」

「篠原様が言っているだけです。嫌がらせなら、大岡様に伝えておきます」

「そ、そんなにムキになるなよ……俺はただ真実を知りたいだけなんだ」

「さあ……真実なんて分かりません。真実は人の気持ちや考えに左右されますから。でも、事実はひとつです。この人は、爆破物によって、心の臓に〝ケガキ針〟のような鋭いものが突き立って死んだ」

「――身も蓋もないこと言うなよ」

「でも、見えてきませんか……この無念そうな顔、火傷、異様なまでの体の捩れ……私には火焔地獄に落ちた阿鼻叫喚の人々と通じるものを感じます……これは私の内心のことですので、検分とは関わりありません」

「阿鼻叫喚、か……被害者を目の前にしてなんだが、こいつは、よほど悪いことをしたのかもしれぬな」

篠原が深い溜息をつくと、つられるように錦も溜息を洩らした。その艶っぽい声に、篠原は別の意味でゾクッとなっていた。

翌朝――日本橋通り南にある、江戸でも屈指の薬種問屋『日高屋』に、飛脚が小さな荷物を届けにきた。

風呂敷包みに箱が入っており、受け取った番頭の寛兵衛が開けると、そこには、

『日高屋儀右衛門。おまえは俺の女房子供を殺した。だから、こんどはおまえの人

生すべてを壊してやる』

という一枚の文が入っており、黄色い菊の押し花がついていた。

「なんだ、これは……」

蜜柑が数個、入っているほどの重みであったが、寛兵衛が訝しげに、蓋を開けてみた途端――ドカン！と激しく爆発した。

「うわッ」

寛兵衛は帳場の机から背後の壁まで吹っ飛び、顔や胸に数本の針が突き刺さった。みるみるうちに頬から血が流れだした。近くにいた手代ふたりにも針が飛んできて、手の甲や頬などに怪我をしていた。

朝早いため幸い客はいなかったが、奥から出てきた主人の儀右衛門は、何事かと顔面蒼白になっていた。

店の者の報せを受けて、自身番の番人たちが、すぐさま篠原を呼んできた。ゆうべに爆薬で死んだ遺体を見たばかりだから、篠原も驚きを隠せない。音は物凄かったので、近所の者たちも集まって、騒然となっていた。

「な、なんということだ……！」

篠原は昨夜の事件のことを話し、儀右衛門から事情を訊いた。

寛兵衛はすでに近くの町医者に運ばれ、手当てを受けたが、幸い死に至るような大怪我にはならずに済んだようだ。しかし、ほんのわずかでも刺さった針の位置がずれていたら、喉に風穴があいたり、目の玉が潰れていたかもしれぬ。さほど致死性の高い爆発物を送りつけられたことで、儀右衛門は恐怖に打ち震えていた。

「誰かに恨まれる覚えはないか」

問いかける篠原の方も、遠慮がちだった。これほど残酷な仕打ちをするとは、相手はよほどの恨みを抱いているのかもしれぬ。

「いいえ……身に覚えはありませぬ……」

「思わぬところで逆恨みされていないとも限らぬから、取引先や帳簿などもぜんぶ洗わせて貰うぞ」

「はい。どうぞ、お調べ下さって結構です……こんなことをしでかす奴なんぞ、早くとっ捕まえて、鈴ケ森(すずがもり)に送って下さいまし」

儀右衛門は不安げに、壁や襖に飛び散っている番頭や手代の血痕を眺めながら、

「しかし……どうして、このような……」

と身を震わせているだけであった。

この事件のことは、すぐに読売(よみうり)で江戸市中に知られることになったが、町人たち

が怖がっている最中、その日の昼下がりに、同じような爆発事件が、さらに二軒続いた。

　神田の油問屋『肥前屋』と小伝馬町の太物問屋『甲州屋』である。『日高屋』に届いたのとまったく同じ恨みがましい文面で、菊の押し花がつけられていた。にも拘わらず、不用意に蓋を開けたり、荷を傾けたりして、爆発したのである。

　これまた幸い死には至らず、大怪我で済んだが、立て続けに起こった怪事件によって、江戸市中は恐怖のどん底に叩きつけられたようになった。町奉行所からは、身に覚えのない荷には絶対に手を触れぬようお達しが出たが、相手が分かっていても用心して開けないくらい、不信感は広がっていた。

「――たったこれだけのこと……とは言わないが、これで江戸中の人間が疑心暗鬼になるとは……人の世とは怖いもんだな」

　篠原はそう感じていた。毎日のように、凶悪な罪人を追いかけている同心ゆえに、胸が塞がる思いがした。

# 二

恨みがましい文が添えられた荷物が届くというだけで、人々が警戒を始めた折、大店だけではなく、小間物屋などにも送られてくるようになった。

南町奉行所の調べでは、初めの三軒の大店の事件とは関わりがなさそうだった。ちょっとした悪戯もあったし、店に恨みを持つ者が〝爆破事件〟に乗じて、脅して金を奪おうとしたものもあった。これらは、「騙り」とか「取り逃げ」に類する犯罪であるから、番屋に引っ張られて痛い目に遭わされ、咎人扱いとなった。

爆死した男の身許も分からず、他の爆破を仕掛けた咎人も不明のまま、十日程が過ぎた。十日を一旬として、三旬すると、永尋になってしまう。死人はまだひとりとはいえ、今後、増えるかもしれぬ。

もしかしたら、芝居小屋とかに仕掛けて、大勢の人を殺すための〝実験〟だったのではないかと、奉行所内でも囁かれていた。

そんなある時――。

今度は『蒼月』にも同じようなものが届いた。やはり、同じような恨みがましい文言が述べられ、菊の押し花がついていた。

　身に覚えのない辰五郎だが、開けようとするのを娘の美鈴は止めて、角野忠兵衛に相談するよう勧めた。すぐに駆けつけてきたのは、北内勝馬の方で、錦と一緒に慎重に開けてみた。ふたりは吉宗が推奨していた〝西洋科学〟にも精通していたのである。もっとも、火薬の扱いは、奉行所や番方鉄砲組の者たちならお手の物だった。

　蓋を開けると、やはりその下には火薬が埋められていて、傾けたりすると火種の炭火が落ちるようになっていた。だが、狙った者を確実に殺傷するということはできない。

「――やはり、面白がってやっている輩かもしれんな」

　と勝馬は言いながら、着火しないように処置をした。

「しかし……これは飛脚が組んでないとできない仕掛けかもしれんな。渡したり、置いていく前に炭火を入れるとかしないと、運んでいる途中に爆発するかもしれない」

「ですよね……」

　辰五郎と美鈴は不安に駆られたが、誰かに恨まれる覚えはないと話してから、

「飛脚の顔ならちゃんと覚えてますよ。受取証も渡しましたからね。品川宿の飛脚問屋『清水』の者でした」

と証文を見せた。それが本物であるかどうかを調べると、勝馬は預かった。

「差出人は、やはり品川宿の本陣『東海屋』となっているが、知り合いかい」

「いいえ……」

「ならば、突っ返せばよかったじゃないか」

「今、考えればそうですが……『東海屋』はまったく知らない訳じゃありやせん。もう随分と前ですが、品川の料理屋で仕事をしていたことがあり、本陣にも仕出しをしていたことがありますので」

「ふうん。そうかい……」

釈然としない勝馬だが、辰五郎はそれ以上は何も言わなかった。

その日の夕暮れ、忠兵衛が立ち寄り、他の事件との関わりがないか調べたいと言い出した。永尋になっている昔の事件でも、何度か爆破事件はあるからだ。

忠兵衛が扱った事件で大きいのは、修験者のふりをした者たちが、悪霊を祓うからと百目蠟燭を売りつけ、それに火を付けると爆発するという事件があった。決められた日の、決められた刻限に蠟燭に火をともしたら、一斉に爆発したのだ。

「そんな事件があったのですか……恐ろしい……」

美鈴が身震いすると、忠兵衛は今でも明瞭に覚えていると話した。

「そいつらは、火事で大騒ぎを起こして人々が動揺する隙に、盗みを働いた、まさしく火事場泥棒だったのだ」

「捕まったのですか……」

「下っ端は何人か捕まって、刑場の露と消えたが、肝心の頭目は未だに……」

「では、そいつのせいですかね。世の中に恨みを持っているとか、江戸が嫌いだとか」

「うむ。一番厄介なのは、人生やけくそになって、自業自得のくせに人を巻き込んで死のうとする輩だ。よほど人にかまってもらいたいのだろうが、最悪の奴だ。なにしろ人を人と思ってないわけだから、防ぎようがない」

「とんでもねえ世の中になりやしたね……そういや、いつぞやも遊郭で、自分が油を被って火だるまになりながら、遊女たちを抱きしめたりする事件がありやしたね」

辰五郎が溜息混じりに言うと、美鈴は肩をすぼめながら、

「結局、一番恐いのは悪霊でもお化けでもなく、人なんですね……」

と呟いた。

「人が一番恐い、か……そのとおりだな」

忠兵衛も頷いたとき、なぜか辰五郎は厨房から付け台の方に出てきて、

「そういや……」

と座って、訥々と話し始めた。

「爆薬を届けられた商人たちは、人に恨まれるようなことはしていない、身に覚えはないと言ったけれど、あっしには思い当たる節がないことはないです」

「えっ……」

忠兵衛も美鈴も驚いて見やった。

「あれは、もう五年ほど前の暮れのことです。積もるほどじゃねえが、しんしんと雪が降ってやした。すぐ近くの武家屋敷に、おでんを届けた帰り……薬種問屋『日高屋』の前を通りかかったんですが……」

辰五郎は、突然、起こった女の悲鳴を聞いて、『日高屋』を覗いてみた。すると、主人であろう男が土間に倒れていて、裏庭から頬被りの男が逃げ出すところが見えた。

辰五郎は咄嗟に、無我夢中で追って捕らえたが、その男は必死に両手を合わせな

がら、見逃してくれと訴えた。

『頼む。このとおりだ……これは、娘の薬代なんだ……飲ましてやらねえと、死んでしまうんだ……頼む。お願いだ……二両や三両の金なんて、この高い薬だって、「日高屋」みてえな大店にとっちゃ、盗まれたところで、どうってことねえだろ』

娘と聞いて辰五郎は一瞬、たじろいだ。自分にも美鈴というひとり娘がいるからだ。だが、理由は何であれ、人に暴行をしてまで金品を奪うのは罪だ。

「しかも、そいつは刃物を手にしていたので、逃がしたら何をしでかすか分からないし、言ってることが嘘かもしれねえ。だから、あっしは、そいつをねじ伏せて、手拭いで腕を後ろ手でに縛り上げたうえで、近くの自身番に届けやした」

「当たり前のことをしたまでだな」

「後で分かったんですが、そいつの名は、照吉（てるきち）といって、どうやら、あっしと同じ板前をやってたようなんですが、『日高屋』の主人が歩けないほどの大怪我をしたってことで、島流しにされやした」

単なる空き巣ではなく、「押し込み」と判断されたのだが、死罪にならなかったのは、娘がいたからであろうとのことだった。時の月番は北町奉行所で、土居土佐守（どいとさのかみ）が裁決したのであった。

「でもね、『見逃してくれ』と叫んでいたあいつのことは、心の奥では痛ましく思ってやした。俺が捕まえたことで、娘とはそれっきり会ってもいやせんからね……もしかしたら、流人船を送る時には、見たかもしれやせんが」

「そうか……だが、おまえのせいじゃないよ……」

忠兵衛は慰めるように言って、

「だが、島送りになったとしたら、終生、江戸には帰って来ることができないだろうし、そいつの仕業とも思えないがな。他の大店とのこともあるし……」

と首を傾げた。

しかし、その照吉が実は、もう半年も前に、御赦免になって戻ってきていた。忠兵衛が赦帳方で調べてみて分かったのだ。御赦免花は二十年に一度しか咲かないという。しかも、天皇や将軍が代替わりした慶事での恩赦もない。

もっとも、島送りとは、終身刑ではあるが、島役人などがすっかり更生したと認めた場合には、町奉行や赦帳方などと相談の上、評定所で裁決した結果しだいでは、生まれ故郷に限り、帰還を許されることがある。どういう経緯で江戸に舞い戻ったか、ハッキリ分からないが、照吉が江戸の何処かに潜んでいることは考えられる。

　此度、終身刑を解いたのは、今の北町奉行・安岡三河守の采配であった。町名主預けにしているので、住まいなどはすぐに分かるはずだ。ところが、定められた長屋にはおらず、照吉の居所は不明のままだという。

「もしかして、あっしを恨んでのことでしょうか……」

　辰五郎は気になったが、忠兵衛にもまだ分からないことだらけだ。せっかく御赦免になったのに、もし再び何か事を起こしたら、間違いなく死罪だ。

「しかし……どんな事情があるのか知らないが、辰五郎を逆恨みするのは筋違いだ。もっとも、まだ照吉の仕業かどうかも分からないし、奴がこんな仕掛けの爆薬を作れるものかどうかも……」

　関わりがなければいいがと忠兵衛は思うが、誰が犯したことにせよ、人を殺傷させるほどの爆薬を作ったとなれば、それだけで死罪である。まだ身許の分からない大火傷の死体も含めて、南町奉行所では下手人探しに躍起になっていた。

　当然、『日高屋』はもとより、他の商人との関わりも気になる。さらに犠牲者が出るかもしれない。篠原も、照吉の行方を探すと同時に、火薬を扱う問屋や職人なども虱潰しに当たっていた。

## 三

その翌日のことである。

日本橋の朝市から帰って来た辰五郎は、美鈴の姿がないことに気づいた。近所に出かけているのだと思っていたが、仕込みをするための炭もおこしていないし、水桶も空のままである。不思議に思い、探そうとしたとき、

——ひらり。

一枚の厚手の文が、格子窓の外から落ちてきた。厨房の濡れた床に落ちるのを、拾い上げると、それには、

『爆死しなくて残念だが、せめて娘をいたぶって、同じ思いをさせてやる』

とだけ走り書きされていた。

辰五郎は一瞬にして怒りの顔になったが、表に飛び出ると、今し方駆け去った浪人者の後ろ姿を見た。背丈は五尺六寸くらいで中肉中背、縞柄の着物、刀の鞘の色、歩き方や雪駄の擦れ具合まで、一瞬にして目に焼き付けた。

そして、相手に気づかれないように、ゆっくりと尾け始めた。

　浪人者は新両替町通りを新橋の方へ向かい、尾張町の手前を築地の本願寺の方へ曲がった。本願寺の表門からさらに曲がって武家屋敷が続く通りに来ると、その辺りには、尾張家の蔵屋敷や一橋家、伊勢桑名の藩邸などがあるが、それら大きな屋敷とさほど変わらぬくらいの立派な邸宅があった。

　誰もが知っている若年寄・藤田長門守の屋敷であったが、浪人者は勝手口から当然のように中に入った。

　——ここは……！

　辰五郎は驚きを隠せなかった。因縁といえば因縁がある屋敷である。ここには、その昔、二度、盗みに入ったことがある。藤田長門守といえば、若い頃から幕閣に名を連ねていたが、あまり良い噂は聞かなかった。

　かといって、何か不祥事を起こして失策をするような武家でもなかった。老中や若年寄は、様々な利権を持っているから、大店からの付け届けは毎日のようにある。中でも、藤田は小普請組を支配していたから、地味な勤めではあるが、意外と懐は潤った。それゆえ、老中に出世できる機会があっても、

「身の丈にあった職をまっとうするのが、我が家の家訓でございますれば」

と上を目指すことはなかった。

その姿勢が逆に謙虚であると評され、二十余年にわたり、若年寄として〝君臨〟していたのである。小普請組は江戸城をはじめ、普請や修復に携わるゆえ、材木問屋、石材問屋、普請請負問屋などに便宜を図り、それなりの金を受け取っていたのだ。

かといって、贅沢三昧の暮らしをしている噂もない。国元が二万石という貧しい大名ゆえ、領民のために頑張っているという、美談すら広がっていたほどだ。

「――ふうん……俺が何百両か盗んで、人々にばらまいたことに、気づいたとでもいうのかねえ……それと爆薬が関わりあるのか」

屋敷の周辺をさりげなく歩いていると、掘割がある側の路地に、一輪の花が落ちているのが見えた。赤い椿の花だが、時節が違うのに、誰も不思議に感じないのだろうかと思いながら、辰五郎は拾った。

それは匂いもない紙でできた造花である。

「美鈴のやつ……この屋敷に捕らわれてるってわけか……」

辰五郎は椿を懐に入れると、さらに屋敷の周辺を巡ってから、近くにあった梯子(はしご)を見つけて、蔵がある裏庭に忍び込んだ。朝っぱらだが、この武家屋敷界隈には誰も人がいないので容易なことだった。

　その屋敷内の離れの一室には――。

　数人の浪人が集まっていて、縄で縛られた美鈴を取り囲んで、舐めるように見ていた。いずれも朝っぱらから、冷や酒を飲みながら、嫌らしい笑みを浮かべている。

　美鈴は体を小刻みに奮わせていたが、わざとであった。いつでも逃げ出すことくらいできると踏んでいるが、この者たちが何故、自分を攫ってきたのかを調べるためだった。芝居で悲しそうな顔をしている。

「怖がることはないぞ、娘……美鈴と言ったな……何も取って食いはせぬ。しばらくの辛抱だ。我慢せい」

　浪人者のひとりが、美鈴の顎を指先で撫でた。

「どうして、こんなことを……私が何をしたというのでしょうか」

　震える声で言うと、浪人たちの後ろにのっそりと来たのは、ぷっくらとした顔つきの町人であった。日焼けはしているが、何者かはよく分からない。役者が着るような市松模様の鶯色の着物姿が妙に似合っていなかった。

「恨むなら、親父を恨め」

　男は腫れぼったい瞼の奥の目を、ギラギラと光らせている。

「誰ですか、あなたは……」

「あいつが……辰五郎が俺を番屋に突き出したりしてなけりゃ、島流しにならず、娘は死なずに済んだんだ。女房もおふくろもな」

「――娘……」

美鈴は、辰五郎の話を思い出した。『日高屋』に押し入った賊を捕まえたことである。では、目の前にいるのが、島帰りをした照吉なのであろうと勘づいたが、黙って相手の言うことを聞いていた。

「どういうことです……お父っつぁんが何をしたというのです。ただの真面目な板前です。あなたたちとどんな関わりが……」

「おまえの親父のお陰で俺は島送りになり、挙げ句の果て……」

言いかけた男の肩を、浪人の頭目らしい男が軽く叩いて、

「あまり余計な話はするな」

と止めた。

照吉と思われる男は、申し訳なさそうに俯いたが、

「まあ、いい。とにかく……おまえの親父たち、人の情けってのがねえ奴らだ。当たり前に生きてる値打ちがねえ。だから、殺されて当たり前なんだよ」

「殺されて当たり前の人なんていません」

「いるんだよ。世の中にはなッ。おまえの親父が娘を殺したんだッ」

少し興奮気味に怒鳴る男の顔を、美鈴はじっと見つめて、

「他に誰がいるのですか」

「えっ……？」

「今、『おまえの親父たち』……って言ったからです。私のお父っつぁんだけでなく、殺されて当然の人って……あなた、誰か殺したのですか」

「いや、俺は……」

何か言おうとした男の前に、浪人の頭目格が割って入って、美鈴を睨みつけた。

「女……なかなか肝が据わってるじゃないか。恐くないのか、俺たちが」

「そりゃ恐いですよ。恐いから気を張ってるだけです。それに、この前、うちに爆薬の入った荷物が届けられましたからね。しかも恨みがましい文も入って」

美鈴は浪人たちを見廻しながら、

「あなたたちが、やったことなのですか？　他にも大店が狙われたと読売で見ましたがね。あまり良くない噂の大店と、うちのお父っつぁんは違いますから。何かの間違いじゃありませんか」

「何をグダグダと……」

「こんな乱暴をされてるのですから、教えてくれたっていいじゃないですか。狙いは一体、何なんですか」

上目遣いで訴える美鈴の前に、浪人の頭目格はしゃがみ込んで、

「おまえこそ、何者だ……ただの料理屋の娘にしちゃ図太過ぎる……やはり、御前様が言うとおり、おまえたち父娘は、只者じゃないってことか」

「御前様……？」

眉根を上げる美鈴に、浪人は自分で余計なことを口にしたとばかりに立ち上がった。その態度を見て、美鈴は市松模様の男を振り向いて、わざと声をかけた。

「ねえ。あんたたちは誰に雇われてるの。ねえ、教えて下さいな、照吉さん」

「えっ……!?」

男は驚いたが、浪人たちも一様に意外そうな目になった。市松模様の男は、やはり照吉だったのだと、美鈴は確信した。

「どうして、こいつの名を知ってるんだ」

浪人の頭目格が訊くと、美鈴は「やっぱりね」と吐息してから、

「だって、さっき自分で、あいつが番屋に突き出したりしてなけりゃ、島流しにならず、娘は死なずに済んだんだ……って言ったじゃない」

「……」

「お父っつぁん、話したことがあるよ。『日高屋』に押し入った盗っ人を捕まえて、自身番に突き出したことがあるって。その人の名が照吉だったってね。島から帰って来ていたってのも、知ってますよ。だって、町奉行所では、公にしてますからねえ」

「おまえ……」

「うちのような客商売をしていると、その手の話は入って来るんですよ。しかも、店は八丁堀にあるんですよ。町方同心や岡っ引も立ち寄りますしね」

美鈴が喋り続けていると、浪人の頭目格はおもむろに刀を抜いて、

「余計なことは話さぬ方が身のためだ……なかなかいい女だから女衒にでも売り飛ばしゃ金になると思ってたが、事情が変わった……このまま大人しくしてろ」

と脅した。

今の今まで、恨みがましい目つきをしていた照吉の顔も強ばっていた。

その時、庭先から縁側に、ひらひらと椿の花びらが舞ってきて落ちた。それを目にした美鈴は安堵の顔になって、

――お父っつぁん……気づいてくれたんだね……。

と胸の中で呟いた。

だが、すぐに姿を現して助けにこないということは、様子を探れということであろうと、美鈴は察した。縛られている縄は、話しながらすでに緩めてある。

「わ、分かりましたよ……何でも言うことを聞くから、殺さないで……」

美鈴は俄に恐れおののく顔になって俯いた。それを照吉は凝視していたが、また恨みがましい目つきに変わった。

四

「なに、若年寄・藤田長門守の屋敷に……」

堀川で釣りをしていた忠兵衛の横で、辰五郎が今朝方あった事情と経緯を説明した。すぐにでも助けに行こうとした忠兵衛だが、

「慌てることはありやせん。美鈴はあれで、けっこう気丈な女でして」

「気丈とかそういう問題ではあるまい」

「へえ。ですが、自分で何とかすると思いやす。それより……」

辰五郎は、此度、薬種問屋『日高屋』、油問屋『肥前屋』、太物問屋『甲州屋』に

爆薬を届けたのは、藤田の屋敷にいる浪人たちの仕業であろうことを話した。

「浪人たち……」

「ですが、御前様と呼ばれていた御仁の指示によって動いている節があるので、恐らく藤田長門守が雇っていると考えられやす。『日高屋』らは、何らかの理由があって、藤田様に狙われているのかもしれやせん」

「なんと……おまえも、若年寄に殺される覚えがあるというのか」

「ないといえば嘘になります。ここだけの話にして貰いたいんですが、忠兵衛の旦那だから言いますね」

「うむ……」

「藤田様のお屋敷には二度、盗みに入ったことがありやす。噂以上に貯め込んでやした。その中から、五百両ばかり戴いて、貧しい長屋や病人だらけの町医者や療養所などに〝お布施〟しやした」

事もなげに言う辰五郎に、忠兵衛は同心として、どう答えてよいか迷った。たとえ「盗みはすれど非道はせず」とか、「盗んだものはすべて貧乏人に」という理由があっても、盗みは盗みである。首が幾つあっても足りないほどの盗みを、辰五郎はしてきたということであろう。

「――ですが、藤田様は、あっしがやったことだと分かっているはずがありやせん。恨みを晴らすにしても、あまりにも歳月が経ちすぎてやす」

「……」

疑わしい目になる忠兵衛だが、辰五郎はあえてそれには言い訳はせず、

「盗っ人が盗っ人を捕まえて、自身番に連れていくなんざ、おかしな話でしょうが、あのときは、照吉って奴はまだ若い。やった罪からしても、叩きくらいで済むと思ってたのですが、主人に大怪我をさせたってことで、島流しという重罪になっちまった」

「……」

「それも妙な塩梅だと今更ながら、思いやしてね……忠兵衛の旦那に、今一度、その事件のことを調べて貰いたいんでさ」

辰五郎の疑念に付き合う筋合いはないが、〝連続爆破事件〟は町奉行所でも探索中のことである。しかも、恨みをもっての仇討ち紛いのこととなると、昔の事件を調べることもある。

「調べるのはどうってことはないが……辰五郎、おまえ、何をしようとしている」

裏渡世の顔が垣間見える辰五郎に、他意があると察して、忠兵衛は尋ねた。

「いえ、別に何も……」

「美鈴を、そんな所に残してきたのは、危ない橋を渡るつもりじゃないのか」

「……」

「ここだけの話にしてくれと言うなら、本当のところを聞かせてくれてもよかろう」

「本当に何もありやせん。ただ、若年寄のような偉い御仁が関わっているとなると、忠兵衛さんでも厄介でしょうが、とにかく大事件になる前に、事を始末した方がよいかと」

たしかに、ただの恨みとも思えない。大店が三軒も狙われており、辰五郎との繋がりは薄い。『日高屋』の近くを通りかかり、盗みを見つけたというだけの関わりだが、何か事情はありそうだ。

それにしても、なぜ辰五郎がそこまで真剣になるのか、忠兵衛は理解し難い。が、切羽詰まっている何かがあるのは確かだ。しかも、まだ人に言えぬ危険なことも秘めているようだった。

「昔のことを調べるのは得意だが、くれぐれも危ない真似はするんじゃないぞ。大事な美鈴のためにもな」

忠兵衛はそう言うしかなかった。辰五郎は「ありがとうございやす」と深々と頭を下げると、今日は店を開けないと詫びてから、立ち去るのであった。

その足で、辰五郎が来たのは、深川の外れ、猿江町にある長屋だった。

小名木川沿いにある町場の一角で、近くはもう田畑が広がっており、材木置き場があるような閑散とした所であった。

そこには、小夜という女が住んでいた。

年の頃は、三十前であろうか。五歳くらいの女の子とふたり暮らしのようだった。

井戸端で洗い物をしながら、同じ長屋のおかみさん連中と談笑している小夜は、屈託のない顔をしていた。娘も近所の子と一緒になって、女の子らしい遊びをしている。

「これこれ、お菊。遠くに行くんじゃありませんよ」

小夜が声をかけたとき、長屋の木戸口の所に立つ、辰五郎の姿に気づいた。

「あっ……」

ぽつりと洩らして困惑したように立ちあがると、おかみさん連中の手前バツが悪そうに辰五郎に近づいた。そして、長屋の裏手にある掘割の方に手招きをして、

「ごめんなさい……近所の目があるので、もう……」

と頭を深々と下げた。

「暮らしぶりはどうだい。困ったことがあればいつでも……」

「はい。なんとか、やっております」

「これを足しにしてくれ」

辰五郎は懐から小判を二枚出したが、小夜は申し訳なさそうに、

「とんでもありません。本当にもう大丈夫ですので……」

と手を振って断った。明らかに迷惑そうなので、辰五郎は気を使って小判は懐に戻したが、囁くような声で続けた。

「お菊ちゃんも大きくなったな」

辰五郎が目を移すと、他の子供たち数人と、草花を摘んで飾り物を作って遊んでいるようだった。楽しそうにキャッキャと笑っている姿を見て、辰五郎の目が綻んだ。

「――どうか、もう……長屋の人たちは、辰五郎さんの子だと誤解しています。囲われ者だと思われてます」

「迷惑かい」

「いえ、そういう訳じゃありませんが……」

「もしかして、お菊ちゃんの新しいお父っつぁんができたかな」

「……」

「そうかい。そりゃ良かった。俺もこれからは気をつけるよ」

小夜は何も言わなかったが、理無い仲の男ができたとしても当然であろう。まだ若い身空だ。新しい人生を楽しんでいくべきだと、辰五郎は心底、思っていた。

「だがな……一応、耳に入れておきたいことがある……」

「はい……？」

「実は、照吉が、島から帰ってきたんだ」

「えっ……ええ！」

あまりにも大きな声を出したので、近所のかみさん連中や子供たちも、吃驚して様子を見に来たほどだった。小夜は大丈夫だよと笑顔を返した。愛想笑いの苦手な辰五郎は知らぬ顔をしていたが、誰もが何かあったのだと察していた。

「――ど、どういうことでしょうか、それは……」

事情は分からないが、お上の配慮で江戸に戻ってきており、一応、住まいも分かっていることを伝えた。

「今更……今更、亭主が帰ってきたと言われても……」

俄に小夜は不安になった。

「俺は、困らせようと思って報せたんじゃない。実は……江戸に帰ってきて早々、何か悪いことに手を貸している節がある」

「ええ……」

「それに、俺の娘も巻き込まれている。だから、小夜さんとお菊ちゃんに何かあっちゃいけねえと……」

「……」

「照吉は、女房子供は死んだと思っている……島役人から、そう報されている。だから、俺のことも恨んでる。俺が番屋に突き出しさえしなきゃって、な」

辰五郎の言葉に、小夜は複雑な思いがよぎったのか、聞きたくないとばかりに両耳に手をあてがって、首を左右に振った。

「――あの人が帰ってきた……もし見つかったら殺されるかもしれない……」

照吉が島流しになった後、小夜はまだ赤ん坊の娘を女手ひとつで育ててきたのである。島流しになった照吉に、すべてを忘れさせるために、お菊は病死した……ことにしていただけである。それは、小夜の意志でもあった。

実は——小夜は、博奕好きが高じて盗みまで働いた照吉が残した借金を抱えて、子供と暮らすことになった。当時は、照吉の母親も一緒だったが、かねてよりの持病を悪化させて亡くなっていた。

小夜は、娘を道連れに死ぬことも考えたことがある。だが、そんな小夜を、

「子供には罪はない。死んではだめだ」

と辰五郎が励まし、陰ながら力を貸していたのである。亭主を島送りにした、せめてもの罪滅ぼしのつもりだった。そして、

——小夜は娘とともに流行病で亡くなった。

ことにして、奉行所を通じ、配流先の照吉に報せていたのである。きちんと縁を切っておくには、そうするしかなかったのだ。

「とにかく、しばらく遠出は控えた方がいい。奴は、俺にはともかく、世間を逆恨みして商家の者を傷つけているかもしれないからな。ほっといても、また島送りだ。いや、何かしでかしたら、今度は死罪かもしれないな」

「し、死罪……」

小夜にはなんとも言えず、胸を苦しそうに掻き毟った。

「すまねえな。余計な話はしたくなかったが、何かあってからじゃ遅い。おまえた

ち母娘のことは知らないはずだ。でも、万が一、照吉が来るようなことがあったら、すぐに奉行所に報せるか、俺に伝えてくれ」

「……」

「いいな。俺は……おまえたち母娘のことだけが心配なんだ」

辰五郎は優しくそう言ったが、小夜は動揺を隠しきれず、立ち尽くすだけだった。

そんなふたりの姿を——掘割を挟んだ通りから、尾けてきていたのであろう、勝馬がじっと見ていた。

五

その頃、南町定町廻り筆頭同心・篠原恵之介は、配下の内田、近藤、宇都宮、佐々木、岸川らに命じて、爆薬を運んだ飛脚から、火薬を扱う職人まで、徹底して調べ出していた。

品川の飛脚問屋『清水』の主人は知らぬことだったが、辰五郎の店も含めて、大店三軒ともに届けたのは、久松という飛脚であることが判明した。

事件が事件だけに、久松という若い飛脚は、南茅場町の大番屋に連れてこられ、吟味方与力立ち会いのもと、篠原によって厳しく取り調べられた。

土間に座らされた久松は、何里も走る健脚ゆえ、足の筋肉は並々ならぬものがあった。だが、正座をさせられ、石を抱かされそうになると、恐怖心におののいていた。一枚だけで十二貫（約四十五キロ）の重さがあり、洗濯板のようなギザギザに尖った木の上に座らされての拷問だ。もし、実行されたら、二度と飛脚はできないであろう。

「——か、勘弁して下さい……あっしは頼まれただけなんです」

悲痛な声で久松は懸命に言い訳をしようとした。その前に立っている篠原は、十手を手にしながら強い口調で、

「だから、誰に頼まれたかって訊いてるのだ。おまえが、『日高屋』らに恨みがあるとは思えぬ。さあ、誰に命じられたのだッ」

「分かりません……」

「ふざけてるのか」

篠原は十手の重みを肩に押しつけて、鎖骨を折るぞと脅した。

「ほ、本当です……あの日、文を配っているとき、縞柄の着物の浪人が近づいてきて、薬種問屋の『日高屋』に届けろと言われたんです。他の仕事があったから断っ

たのですが、一両もの金を渡されたので、お届けしました」

「その直後に爆発したがな」

「まさか、そんなことが起きようとは思ってもみませんでした」

「中身が爆薬だとは知らなかったと？」

「——は、はい……」

「なら、どうして、すぐに自身番に届け出なかった。読売に書かれた事件だぞ」

「恐かったからです……あっしが爆発させたと疑われるんじゃないかと」

「おまえがしなきゃ、どうやって爆発するっていうのだ」

篠原が責め立てると、久松は首を傾げながらも、

「浪人には、相手に渡すとき、箱をひっくり返すだけでいいと教えられました」

「ひっくり返す……？」

「はい。それが何を意味するかは分かりませんでしたが、そうするのが礼儀だと……とにかく、逆さにして渡しただけです。それから、しばらくするとドンと爆発したのですが、初めは、まさかあっしが渡したものだとは思いませんでした」

久松は、必死に言い逃れをしようとしているようにも見える。篠原はさらに十手を強く肩に押しつけて、

「なら、どうして他の店にも届けたのだ。それも浪人に頼まれたのか」

「そうです……」

「爆発するかもしれないと承知の上でか」

「一度、届けたものですから、断ったら、おまえが怪我をさせたってことで死罪だと脅されました……だから繰り返して」

「ふん。とんでもねえ飛脚がいたものだぜ」

篠原は呆れ果てて、ガツンと十手で久松の顎を殴ってしまった。骨が割れたかのような音がした。久松は悲痛な声を上げて、俯いていたが、俄に泣き出した。

「浪人の顔は覚えております……ですから、旦那たちが見つけたら証言します。どうか、勘弁して下さい」

「知らずに届けたのなら罪は問われないかもしれぬが、二度目からは立派な罪だ。人が死んでいないだけマシだと思え」

もう一度、十手で殴ろうとしたが、篠原は手を止めて、

「いや。死んでる……ひとり、どこぞの手代風のが殺されているからな。おまえが『日高屋』に届ける前のこととはいえ、本当におまえとは、関わりないのだな」

「し、知りません……信じて下さい」

久松が白を切っているであろうことは、篠原は何となく勘づいていた。

「爆薬は届けた。だが、誰に頼まれたか分からない。だから、自分には罪はない。そんな都合の良い話はないな……」

篠原はじっと久松のことを見下ろしていたが、急に穏やかな顔になって、

「相手の浪人が何者か知らないのならば、仕方がない……解き放ってやるよ」

「えっ……ほ、本当ですか」

「ああ。好きにしな」

表戸を開けて、周りを見廻しながら、

「まあ、せいぜい気をつけるんだな。さっきから、浪人者が数人、大番屋の前をうろついている。どうやら口封じに出向いてきたか」

「！……」

「さあ、出て行くがよい。後はこっちで調べる。おまえも達者でな」

縄を解いて大番屋から押し出そうとすると、久松はすぐに戻ってきて、

「旦那……助けて下さい……本当に殺されちまいますよ……」

「だったら、誰か言え」

「本当に名前は知りません。でも……これも嘘か本当かは分かりませんが……若年

寄の藤田長門守様のお屋敷に出入りしているのだと……そして、爆薬を届けた商人たちは、みんな、悪事を働いている奴らだから、成敗してやるのだと……そんな話をしてました」

必死に話す久松の言葉を、篠原はすべて信じたわけではないが、吟味方与力は、確認するまで大番屋の牢に留めて置くと判断した。その間に、大岡を通じて調べることにしたのである。

「だが、その話がでたらめだったら、おまえは吟味において嘘をついた咎で、それこそ死罪になるかもしれぬぞ」

「ほ、本当です……」

懸命に訴える久松の言い分を、篠原は一旦、信じることにした。

その頃――藤田長門守の屋敷内の離れでは、久松が町方に捕らえられたことで、浪人たちは少しばかりざわついていた。

隣室で見ていた美鈴も不安に駆られるほどであった。

「で……そいつはどうなったのだ」

浪人の頭目格が苛ついて問いかけると、縞柄の着物の浪人は申し訳なさそうに、

「町方が捕らえる前に始末しとくべきでした……奴は俺の名は知らぬとはいえ、何処かで会えばバラすと思います」

「今更、遅い。だが、まあ奴が何と言ったところで、ここは若年寄様の屋敷だ。町方のサンピンが踏み込める所ではない。それより、中川……あっちの話はどうなった」

「それは、もう抜かりはありませぬ」

中川と呼ばれた縞柄の着物の浪人は、ほくそ笑んで、部屋の片隅に控えていた照吉に「おい」と声をかけた。

「へえ。なんでやしょ」

「次の狙いは、南町奉行所だ」

「えっ……」

「というより、大岡越前守を狙うのだ」

「——どういうことでしょうか」

戸惑う照吉だが、中川はさらにニンマリとして、

「おまえを遠島に処したのは、大岡ではないか。むろん評定所で裁決は取ったが、それは形式的なもの。大岡は、おまえの人生を奪ったも同然だ。一番、恨むべき人

間だ」

「………」

「どうする」

「たしかに憎い……でも、俺も悪いっちゃ、悪いし……そもそも『日高屋』に入ったのだって、盗みをするためじゃない……主人の儀右衛門が、俺を利用するだけ利用して、捨てようとしたから、痛い目に遭わせたかっただけだ」

「だよな……だが、その儀右衛門はのうのうと生きている。おまえが島で苦労していた間も、おまえが作った偽小判を上手く利用して、贅沢三昧の暮らしをしている」

「………」

「仲間の『肥前屋』と『甲州屋』も同じだ。こういう奴らこそ地獄に堕とさねば、閻魔様も納得するまい」

中川は唆すように言ってから、

「おまえのカラクリ師とも思えるような、その腕は、偽金も作れれば爆薬も作れるし、何にだって活かすことができよう。これからも、俺たちとともに世の中の不正を正すために頑張っていこうではないか」

「不正を正すため……」

「さよう。藤田長門守様という御仁が、若年寄の職に長らくいるのは、政をするためだけではない。法で裁けぬ悪辣な者どもを、阿鼻叫喚の地獄に送る、まさに閻魔様なのだ」

「そ、そうだったのですか……」

「俺たちは、その使いだ。斬り捨て御免ではないが、悪党たちを始末することが許されているのだ。おまえもその仲間にするため、大洋の孤島から連れ戻したのだからな」

「！……」

俄には信じられず、驚きを隠せない照吉だが、捕まったときの悔しさや、お白洲で遠島を言い渡されたときの無念を思い出し、ひしひしと怒りが蘇ってきた。その内心を察したかのように、中川は言った。

「悔しいであろう。憎いであろう……その折、おまえが正直に、偽金のことを話しておれば、あるいは儀右衛門もまずい立場になったかもしれぬ。だが……」

「ああ。言えなかった……言ったら、俺も間違いなく死罪だ……それだけは御免だった。偽金を使って贅沢をしたわけじゃねえ。あくまでも、利用されただけなのに、それで死罪じゃ割が合わねえからな」

お白洲でも幾多の葛藤があったことを、照吉は吐露した。その肩を、中川は同情しながら、軽く叩いて、優しい声で言った。

「辛い思いをしたな……だがな、これからは、俺たちと一緒に正義を尽くすんだ。そうでしょ、茂井さん」

と中川が振り返ると、頭目格は真剣なまなざしで頷いて、

「さよう……しかも、親子で仲良く暮らすことができる。おまえが、海鳴りとともに思い描いていた女房と娘とな」

「――えっ……ええ？　どういうことです」

さらに吃驚した顔になった照吉に、茂井と呼ばれた頭目格は、軽やかな声で言った。

「生きてるんだよ。おまえの女房と子供は……信じられないだろうがな」

「えっ……そんな馬鹿な……だって……」

驚きよりも狼狽したように、浪人たちを見廻す照吉の頬に、中川は軽く触れて、隣室にいる美鈴を見させた。

「この女がよく知ってるよ……そうだよな、美鈴……おまえのお父っつぁんは、人

がいいのか悪いのか、面倒まで見ていた……その照吉が帰ってきた……縁とは不思議なものだ」

意味深長なことを言ったが、美鈴には何のことだか、さっぱり分からなかった。

「知らなきゃ、それでいい……おまえにも役に立って貰わなきゃ、ならないのでな。まだ、しばらくここに居て貰うぜ」

「どういうこと……」

「今さっき、辰五郎のところに、やるべきことをやれと報せを届けた。でないと、娘をぶっ殺す……とな。おまえは人質だ」

「……」

縛られたままのふりをしている美鈴だが、妙な雲行きになってきた。篠原か忠兵衛に伝えなければならないと思ったが、

――お父っつぁんが助けに来ないのは、まだ様子を見極めろということか。

という考えの方が強かった。

照吉は戸惑いながらも、茂井や中川に縋るように繰り返し訊いていた。

「本当かい……小夜やお菊は生きてるのかい……嘘じゃないだろうな……本当なら会いてえ……会ってみてえッ」

今にも駆け出しそうな照吉を宥めるように、中川は囁いた。

「焦るな、照吉……事が成就すれば、おまえの身も晴れて勝手次第だ……よいな」

## 六

暖簾を出していない『蒼月』の店の中で、辰五郎は打ち震えていた。

手にしている文には、

『大岡越前を殺せ。その段取りは……』

その後に数行、書かれていた。そして、最後に、『何もしなければ、美鈴は殺す』

と締められていた。それだけではない。追伸として、『小夜とお菊の命もこちらの掌中にある』と記してあった。

「――分かっていたのか……そりゃ、そうかもしれないな……俺のついた嘘くれえ、お上はとうの昔にご存知だったかもな」

と呟いてからハッとなった。

「てことは……若年寄の藤田は端から、照吉のことを知っていて、すべてを掌握していて、此度のことも……」

辰五郎が考えを巡らせたとき、ふいに忠兵衛が入ってきた。勝馬も一緒だった。

「これは、旦那……」

「美鈴はまだ藤田長門守様のお屋敷にいるようだな。大丈夫なのかい」

手にしていた文をグシャッと丸めて、辰五郎は足下のごみ箱に捨てた。そして、忠兵衛たちに向き直ると、

「どうですか。昔の照吉の一件と、此度のことで繫がったことがありやしたか」

「大ありだ」

忠兵衛は白木の付け台の前に腰掛けて、

「照吉のやろうが『日高屋』から盗んだ金は、実は偽金だったんだ」

「偽金……？」

「ああ。照吉の罪についちゃ、すぐに裁決されたが、その時に盗んだ金は事件後に、『日高屋』に返されるべきだった。しかし、照吉が流刑になった後、当時の吟味方与力が違和感を感じて、金座後藤で調べてみると、偽物だと分かった」

「そうなんで――!?」

「らしい。そこで、『日高屋』に尋ねたところ、自分たちにも分からないとのことで、偽金作りが何処かにいるのだろうと、定町廻りで調べたようだが、結局、分か

らずじまいで終わってしまった」

「…………」

「被害者がいるわけではないので、〝くらがり〟に廻ってくることもなかったが……その話をもとに、俺は照吉のことを調べてみた。奴がその昔、住んでいたという長屋を洗ってみたら、驚くな……天井裏に金型があったんだ、偽金のな」

忠兵衛の話を、辰五郎は真摯に聞いていたが、ふと別の考えも巡らせる顔になった。

「その型は、奉行所に届けた。さらに、使いものにならなくなった火薬もあった。偽金作りに必要な材料らしいが、奴は火薬の扱いもお手の物だということだ」

「…………」

「此度、使われた爆薬は、おそらく藤田様の屋敷内で作られたのであろうが、照吉は自分の意志というより利用されたのだろうな」

「利用された……」

「でないと、上手い具合に、島帰りになんぞなるものか」

その経緯も、忠兵衛が改めて調べてみると、幾つかのことが分かってきた。

「まずは、おまえがとっ捕まえた照吉だが……月番だった南町で調べたのは承知しているだろう。裁決したのは大岡様だが、当初、江戸払いを命じた。妥当なところだろうな。しかし、時の北町奉行から物言いが入り、改めて詮議の上、評定所預かりとなった」

忠兵衛は例繰方に属する永尋書留役ゆえ、判例や吟味録を丹念に調べ直すことができる。すると、評定所において、大岡は改めて江戸払いを強調したが、北町奉行や特別に臨席していた藤田長門守が、

「公儀御用達でもある『日高屋』の主人に大怪我をさせた罪は重い。その上で、盗みを働いたのは、押し込みに他ならぬ。遠島が相応しいのではないか」

と主張し、遠島となった。

「死罪や遠島については評定所で決めることは承知しておろう。大岡様は、それに従うしかなかったのだろう」

「――藤田長門守様にとって不都合な奴だから、遠島にした……そう聞こえやしたが、裏で仕組んでまで、わざわざ奴を呼び戻した理由はなんなんです」

「さあな……」

忠兵衛は首を傾げて、いつもの惚けた言い草で、

「それは、おまえさんが一番、知っているんじゃないのかい」

「ええ……？」

「『日高屋』でたまさか照吉を見かけて、とっ捕まえたのは事実かもしれねえが……こんな亭主から、女房子供……小夜とお菊をキッパリと縁を切ってやったことにこそ、理由があるんじゃないのか」

「!?──」

「おまえが面倒見てやったんだろ」

「……ご存知でしたか」

辰五郎は驚いて忠兵衛を見ていたが、傍らに立っている勝馬も知っており、

「小夜とお菊のことは、藤田長門守も承知している節がある。つまり、美鈴を人質にして、おまえに何かさせようとしているのと同様に、照吉をまた利用しようとしている」

と言いながら、厨房の中に入って、辰五郎が丸めて捨てた文を拾い上げた。

「………」

気まずそうになる辰五郎だが、勝馬は文を読んでみせた。

「──今日、辰の刻、南町奉行所に爆薬を届けにいく。門番はそれを必ず、玄関内の年番方与力に渡す。だが、年番方与力は、爆破事件を警戒して、奉行には届けな

い。そこで、おまえが忍び込み、役宅にいる大岡の側に置いて、爆破させせよ」

「……」

「これは、おまえの正体を知っているということかな……それにしても、とんでもないことだな。どうする、辰五郎……美鈴のために、お奉行を殺すかい」

勝馬が訊くと、辰五郎は真剣なまなざしのまま、

「美鈴なら、てめえで逃げ出すと思います。でも、相手の罠にはまったふりはしてみてえと存じます。なぜならば……」

「なぜならば？」

「この数年のケジメを、あっしなりにつけたいと思うからです」

「ケジメとは、なんだい」

今度は忠兵衛が訊いた。辰五郎は黙っていたが、ふだんはおっとりしている忠兵衛も、さすがに苛ついた感じで、

「いい加減にしないか、辰五郎。おまえの感傷に付き合ってる余裕はないんだ」

「……」

「人がひとり死んでる。手代風だが、あれは錦先生も調べたとおり、長年、火薬を扱っていたような手をしていたことから、虱潰しに調べてみたら……辰五郎。おま

えの昔馴染みらしいな」

　忠兵衛の指摘を、辰五郎はさして驚きもせずに聞いていた。

「さすがは忠兵衛の旦那……そこまで調べてきてやしたか……おっしゃるとおり、奴は〝狐火の権助〟といって、盗っ人仲間の間ではよく知られていた奴です……厄介な錠前などは、火薬を詰めて導火線に火を走らせて外すんです」

「そんなことが……」

　勝馬は驚くが、辰五郎は淡々と、

「できるんです。しかも、爆発する音も立てないで火薬で鍵を開ける……その権助と、此度の事件がどう繋がってるかは、あっしには分かりやせんが、こいつも藤田長門守とその一党に利用されたことは間違いねえ」

「だから、仇討ちでもしようと？」

「まさか。そんな深い仲じゃねえ。ただ、俺は、あの小夜とお菊母娘に累が及ばねえように、始末をつけたかっただけでさ」

「始末ねえ……」

　忠兵衛は溜息混じりで聞いていたが、

「とにかく、後は俺たちに任せろ。おまえが出しゃばる幕ではない」

「出しゃばる……」

「そうだ。美鈴のことだけを考えてやるんだな。でなきゃ……おまえの昔のことも、洗いざらい調べなきゃならない」

脅すかのような忠兵衛の言い草に、辰五郎の目つきが一瞬、ギラついた。だが、忠兵衛も揺るぎなく凝視して、

「おまえは、この店で美味い料理を作ってりゃ、それでいいんだよ」

と念を押すように言った。

「そうだよ。お父っつぁん……私は、ここにいるから、大丈夫」

いつの間に逃げ出してきたのか、美鈴が椿を手にして帰ってきた。にっこり笑うと、辰五郎も安堵したように微笑み返した。

「無事でよかった……」

忠兵衛も胸を撫で下ろすと、美鈴は真剣なまなざしになって、

「藤田長門守様のお屋敷で仕入れてきたこと、たんとお話ししますよ」

と椿の造花を白木の付け台に置いた。

# 七

薬種問屋『日高屋』の前を、勝馬は何度も往き来していた。押し込みに入られた『日高屋』は、五年前とは比べものにならないほどの大きな店になっている。

町方同心にうろつかれては、商家としては、あまりいい気分ではない。たしかに、爆薬の事件があって不穏な空気は何となく残っているので、客足も遠退いている。ましてや薬を扱う問屋ゆえ、風評被害には困っていた。

――『日高屋』を恨む者の仕業らしいよ。

――この店の薬を飲んだ病人が、もう何人も死んでしまったんだって。

――仕入れ値を安く叩いて、高く売りつけているんだってさ。

――大金を稼いでるくせに、貧乏人には薬の一服も分けてくれないしね。

――そういや昔、娘の薬欲しさに入った泥棒を、島流しにしたんだってよ。

照吉の話も、まるで主人の儀右衛門が罪に陥れたかのような噂として流れていた。だが、庇(かば)う者が誰もいない。ということは、『日高屋』は後ろ指をさされるような商いをしているからであろう。

勝馬がそんなことを思いながら、しつこく往来していると、儀右衛門が店から出てきて、少し苛ついた態度で、

「旦那……北内様でしたかね……どうして、うちの前を歩いているのです」

「迷惑かい」

「そりゃ……とにかく用があるなら、中に入ってきて下さい。意味もないのに、うろつかれたら、はっきり申し上げて迷惑です」

「じゃ、中に入らせて貰うとする」

勝馬は相手の言質を取ったかのように、店内に入った。客はほとんどいなかった。儀右衛門は迷惑そうに顔を顰めながらも、店の奥にある客間に通した。

「茶も菓子もいらないぞ。ましてや、袖の下もな……篠原様じゃないんだから」

皮肉めいて言う勝馬に、儀右衛門は溜息混じりに、

「そんなものは渡しておりません」

「篠原様が受け取ってるというんだから、間違いないだろう。あの人はそういうことを隠さず、平気で言う。悪いと思ってないんだろうな。まあ、岡っ引ひとり雇うのも大変だから、町の用心棒代だと嘯いてるけどね」

「――あの、用件というのは……」

儀右衛門は顰め面のまま、勝馬に言った。

「その篠原様がな、偽金作りをしている奴を探しているんだよ」

「えっ……」

「偽金と聞いて、思い当たる節はないか」

「いえ、まったく……」

「それは妙だな。篠原様は、おまえから受け取った金が偽金かもしれぬと言っていた。いや、おまえが作ったとは言ってないぞ……偽金が流通していたとしたら大事なので、調べてるのだ」

「さようですか」

「これを聞いても思い出さないか」

「何をです」

「島流しにあってた照吉が帰って来たのは、知っているか」

「誰です、それは……」

平然と答える儀右衛門に、勝馬は首を傾げて、

「おまえを殴って薬と金を奪った奴のことを忘れたのかい。昔とはいえ、数年前の話だぜ、おい……本当に思い出さないのか」

「あ、ああ……盗っ人の名前まで覚えてはいませんよ」

「行きずりの盗っ人なら、さもありなん……だが、仲間の名前も忘れたってのは、どうもなあ……白を切ってるとしか思えないな」

「仲間……？」

「偽金作りのだよ。その当時も、吟味方与力が偽金を持参して、おまえに見せたはずだがね。照吉が盗んだ小判は、偽金だったと」

勝馬は言い訳は通じないぞとばかりに、睨みつけた。

「——そのことでしたら……私どもも偽金を掴まされていたということですので、腹立たしい思いはありました」

「そうかねえ。そうは思えないがなあ」

「……どういう意味でしょうか」

「こういう意味だ」

勝馬は胡座を組み直すと、懐から出した小判を置いて、

「俺は永尋の役人だから、解決していない事件を追いかけてるのだがな、よくよく調べてみれば、儀右衛門……おまえを殴って金を盗んだ照吉の事件も、本当は片付いていなかったんだよな。偽金のことがあるから」

「……」

「そういう意味では、名奉行の大岡様も下手をこいたってわけだ。あはは」

黙って聞いている儀右衛門の顔は、さらに苛ついてきて、用件があるなら、さっさと話して欲しいと訴えた。

「照吉が盗んだのは、薬じゃなくて、小判の方だったのだ。しかも、偽の小判だと承知の上でな……だって、そうだろ。おまえと仲良しなんだから、娘の薬くらい、分けてやったっていいじゃないか」

「……」

「だが、照吉はなぜか、お白洲では、『病の娘の薬欲しさ』ってことに、話をすり替えたんだ。まあ、娘の体が弱いことは本当だったようだがな……つまり、辰五郎に捕まったときに、照吉が持っていた薬は、おまえが分けてやったものだろう」

勝馬が相手の顔を覗き込むように言うと、儀右衛門は思わず目を逸らした。

「じゃあ、なぜ照吉は、自分が作ったであろう偽の小判を、わざわざ盗んだか……どうしてだと思う、儀右衛門」

「……」

「答えられないよなあ。答えたら、自分が知っていたと白状するも同然だからな

「……答えなくていいぞ。俺が代わりに説明をしてやるから、耳の穴をかっぽじって聞くがいい」

儀右衛門の内心を揺さぶるように勝馬は言ってから、淡々と話し続けた。

「おまえは支払いを偽金で済ませ、薬を売った代金は、もちろん本物の金で受け取る。いわば只で仕入れて、高値で売っていた。それで得た金は誰に渡っていたか……長年、若年寄の職にある、清廉潔白な藤田長門守」

「………」

「いやあ、驚いた。悪いことを考える奴は世の中、掃いて捨てるほどいるが、公儀の偉い人がやってたとなると、俺みたいな町方の下級役人じゃ、手のつけようがない」

「………」

「照吉は、おまえと何かで、それこそ分け前のことで揉めたのだろう。だから、偽金を証拠の品として、おまえの悪事を訴え出ようとした。それで争って、照吉はおまえを殴り飛ばして逃げるハメになった。それを、辰五郎は盗っ人だと思ったってことだ」

「――何のことですかな」

「おまえのやっていることがバレたら、藤田長門守にも迷惑がかかる。なんたって、地味に暮らしている、出世を望まない若年寄だからな。藤田様も国元が飢饉などで、色々と大変だったのだろうがね……そして、おまえの罪を揉み消すのにも躍起になって、照吉を島送りにした」

「バカバカしい……妄想は、そのくらいにして下さいまし」

勝馬は無視をして続けた。

「なのに、わざわざ島帰りまでさせて、また改めて悪事をするということは、よほど照吉の腕がよいのか……さもなくば、よほど切羽詰まった事情があるのだろうな」

「……」

「その事情とはなんだ、儀右衛門」

あくまでも素知らぬ顔をしている儀右衛門に、勝馬は詰め寄る。

「『日高屋』に爆薬を送ったのは、自分も被害者に見せかけるため。お陰で番頭はえらい迷惑を被ったわけだがな……そして、他の『肥前屋』と『甲州屋』は偽金とはまったく関わりないが、立て続けに爆薬の事件が起こったという恐怖心を人々に植えつけるため」

「……」

「その上で、辰五郎を殺せれば一番、照吉にとっては気分が良かったのだろうが、神の采配があったのか、失敗した……そして、最後の狙いは、南町奉行の大岡様」

勝馬はここまで話してから、ふいに立ちあがった。そして、儀右衛門に向かって、不敵な笑みを洩らして、

「大岡様はかねてより、偽金作り一味について隠密廻りを使って探索をしていたんだ……おまえは早々と目を付けられていたのだ」

「……」

「そのことに、藤田長門守が勘づいた。もし、おまえが捕まるようなことがあれば、自分の身が危うい。清廉潔白な若年寄の印象が失墜してしまう。その前に……」

「……」

「おまえを殺すかもしれないなあ」

「――いい加減にして下さい。うちの店はたしかに公儀御用達でありますから、藤田様に限らず、御老中や各お奉行様、御殿医、それに大名屋敷とも付き合いはございます。なのに、選りに選って偽金だのなんだの……」

「違うのか？」

勝馬が訊き返すと、儀右衛門は「まったく身に覚えのないことだ」と断言した。

「そうか……俺の間違いか……」

小首を傾げながら、勝馬は俄に情けない顔になって、

「よくよく考えてみりゃ、そりゃそうだよな……読売じゃあるまいし、妄想はいかんな……そりゃそうだ……すまぬ。謝る。この通りだ。だから、篠原様には告げ口しないでくれ。袖の下のことは黙っておくから」

と言うと逃げるように立ち去った。

だが、儀右衛門の勝馬に対する疑念は消えず、瞳の奥がメラメラと燃えていた。

その翌朝のことである。

定例の閣議で老中や若年寄、大目付などが集まる中に、藤田長門守もおり、南北の町奉行も臨席していた。

大岡が登城しているのは、何度か続いた爆発事件の報告を兼ねてのことだった。

御簾(みす)の奥には、将軍・徳川吉宗も控えていた。一旦、収束したかのように見えるが、また何処で爆発騒ぎが起こるかもしれぬと案じてのことだった。噂に過ぎないが、浪人たちが徒党を組んで謀反を起こす心配もあったからだ。

藤田は年長でありながら、老中・若年寄の中では末席に座っていた。そこが定位置で落ち着くと、いつも控え目に言っていた。顔つきも穏やかで、幕閣としての強い志や野心とは縁がなさそうだった。

片隅に座っていた大岡が腰を上げて、藤田の近くに風呂敷包みを差し出して、居並ぶ老中たちに向かって、

「実はこれ……今朝、奉行所に何者かが届けてきたものです」

「⁉——」

一瞬、藤田が仰け反るような態度になったが、構わず大岡は続けた。

「表門の番人から、年番方与力が受け取り、拙者の役宅まで運ばれてきたのですが、何やら不審な感じがしましたので、この場に持参致しました」

「な、なんの真似だ、大岡……」

真っ先に口を開いたのは藤田であった。いつもと違う、微かに狼狽した様子に、他の老中や若年寄、大目付たちも、妙だなという目を向けた。それでも大岡は一礼をして、

「付け届けにしては、小さな箱でありますし、何のおまじないか分かりませぬが、箱の表書きに、こうしてひっくり返せと……」

と風呂敷包みごと、逆さにして置いた。

途端、藤田は悲鳴のような声を上げて、「やめろ！　何をするのだッ」と飛び跳ねるように立ちあがって、廊下の方に逃げた。

だが何事も起こらないので、藤田は深い溜息をついて、落ち着いたように両肩を落とした。それを、幕閣たちは異様な目で見ていた。

「――おぬし、中身が何か知っておったような慌てようだな」

すぐに御簾の奥から、吉宗が声をかけた。

「いえ、そのようなことは……」

藤田が慌てて元の座に着くと、大岡は平然と風呂敷を解きながら、

「いいえ。知っているはずです。あなたが命じてやらせていたことですから」

「何を言い出すのだ、大岡……」

「あくまでも白を切る気でございますか」

「無礼者。今日は上様もご臨席の大切な幕閣の寄合である。つまらぬことを……」

「本当に、ご存じないのですか。危険を冒して、わざわざ奉行所まで届けに来た者がおるのです」

「――何を言うておるのだ、さっきから」

「では、篤とご覧下さい」

風呂敷を広げて、中にある桐箱の蓋をパッと開けた。

やはり、思わず藤田は仰け反った。

だが、中身をよくよく見ると、そこにはキラキラと燦めく小判が並んでいた。

「なんだ……小判の方か……」

と藤田が呟いた。

「小判の方か……とは、どういう意味でございますかな、藤田様。一体、何が入っていると思っていたのですかな」

「それは……」

「残念ながら、爆薬は、南町の有能な同心たちが処分し、私は死なずに済みました」

大岡の言葉に、老中たちがざわめいた。その一同を見廻しながら、

「この小判は、偽物です。薬種問屋の『日高屋』が、今般、島帰りとなった照吉という者に作らせ、濡れ手で粟の大儲け……そしてその儲けは、藤田様、あなたに渡っていた」

「知らぬ。何の話だ」

「ならば、今すぐ、お屋敷に帰ってみますか……？」

「なんだと……」

「恐れながら、この場にもおられる大目付・大河内様の許しを得て、南町の同心たちを送り込み、あなたのお屋敷に潜んでいる浪人者たちを捕らえている頃だと思います」

「！……」

「そやつらは食い詰め浪人で、あなたにとっては使い捨てにできる駒に過ぎないから、お白洲にて何でも話すと思いますぞ」

大岡はズイと膝を進め、藤田に近づいて、

「五年前の例の一件で、私が下した江戸払いの裁決を、藤田様は評定所に出向いてきてまで、遠島にしました……すべてを揉み消すためです。それを此度、わざわざ照吉を呼び戻した理由は何でございますか」

「………」

「私が偽金作りについて、後一歩まで迫っていたことに、あなたは気づいた。だから、早手廻しに、照吉を始末したかった……にしては、あまりにもお粗末過ぎる」

大岡は薄ら笑みを浮かべて、

「あれから五年が経って、そろそろ偽金が底をついてきた。新しい偽金が欲しい。その欲の方が勝ったのです」

と詰め寄った。

「それゆえ、どうしても照吉の腕が欲しかった」

「……………」

「照吉が作った小判の型なら、奉行所に回収してあります。相談してくれても、お貸しは致しませんがね」

「！……………」

「では、なぜ爆薬の事件を起こしたのか……簡単です……さあ、藤田様ご自身の口から、ご一同に、そして上様にお話し下さい」

水を向けた大岡に、歯嚙みしていた藤田は思わず強い口調で、

「何の茶番だ、大岡。己が失策を、人に押しつけるつもりかッ。何が狙いなのだ」

と怒鳴りつけた。だが、大岡は冷静な態度のままで、

「町方の目を逸らすこと。その間に、偽金を作り、そして最後には、島帰りの照吉を爆薬作りの犯人として処刑すること」

「……………」

「だが、その前に権助を殺してしまったことが、間違いでしたな……この男にも、『日高屋』は脅されておったようです。ええ、照吉の仲間ですから」

「私とは関わりない」

「では、なぜ偽金作りや爆薬作りに関わった浪人共が、あなたのお屋敷に？　それも知らぬ間に勝手にしたことですかな」

大岡が責め立てると、他の幕閣たちも、藤田に説明を聞きたいと強く要求した。

「――策士策に溺れるとは、このことですぞ、藤田様……潔くなされよ」

揺るぎない目で睨みつける大岡に、歯噛みしながら藤田は黙然と座していた。一切、何も話さぬという意志と覚悟の姿勢は、政の場では見せたことのない頑固さに満ち満ちていた。

## 八

夕映えの中、小名木川近くの長屋を、掘割越しに見ている照吉の姿があった。

その視線の先には、洗い物をしている小夜がいて、近所のおかみさん連中といつものように談笑している。長屋の木戸口の外には、子供ら数人に交じって、お菊が鞠を突いたり、投げたりして遊んでいた。

柳の下に隠れるようにして見ている照吉の顔には、懐かしさと後悔が広がっている。その背中に、忠兵衛が立って、

「――もういいだろう……そろそろ行くぞ」

と囁くように声をかけた。

「へえ……でも、あと少し……あの夕陽が沈んでしまうまで……いいですかい」

照吉は名残惜しそうに、掘割の向こうの小夜の姿を眺めていた。

「遠くに行くんじゃないよ、お菊」

呼び止めるような小夜の声が聞こえてくる。だが、まだ幼いお菊は他の友だちと、木戸口から離れて空き地の方へ向かった。

一瞬、振り向いた小夜が、柳の下の照吉に気づいたように見えたが、それは錯覚で、木戸口まで来て、娘の居場所を確認しただけだった。ひとり娘だからか、目を離すことができないようだ。

「そこまで……わずか数間しかないのに、遥か向こうに感じる……何百里も離れた孤島から帰って来たってのに……遠いなあ」

ぼそぼそと呟く照吉の肩を、忠兵衛は軽く叩いて、

「せいぜい辰五郎に感謝するんだな。小夜とお菊があぁして無事に暮らしてられるのも、おまえを捕まえた辰五郎のお陰だ」

「へえ……」

話はすべて聞いていたのか、照吉は納得したように頷いた。

「だが、辰五郎も余計なことを言っちまったようで、小夜はおまえが現れるんじゃないかと、兢々としてるに違いない」

「……」

「お菊は、お父っつぁんは病で亡くなったと信じてるしな……そのお菊にも新しいお父っつぁんが出来るらしいとのことだ」

「そうらしいですね……」

「だから、もうおまえが入る隙間はない」

「分かってやすよ……念を押さないで下さいやし……」

照吉は唇を噛みしめながら、

「でも、感謝しておりやす……牢屋敷に行く前に、こうして別れることができて……」

「……」

「つくづく、てめえが嫌になってしまいますよ……小夜には人に言えねえ迷惑をかけっ放しだった……博奕はするわ酒は飲むわ……挙げ句の果てに借金だらけになっちまって、偽金作りにまで手を貸してしまった……」

柳のしだれた枝を指先で摘んで顔を隠すようにして、照吉は涙ぐんだ。

「なにひとつ、幸せを感じさせてやれなかった……なんでかなあ……生まれ持った、つまらねえ性根かなあ……」

「……」

「新しい亭主が、いい奴だといいなあ」

「噂に聞いた話だが、木場で働いている真面目で気っ風のいい鳶職人らしいぜ」

「そうかい……それは良かった……」

手鞠歌を歌っているお菊の方に、照吉の目が移った。遠島になった頃には、まだ摑まり立ちをする赤ん坊だった。

「ちょいとタレ眉でよ……笑ってもないのに愛嬌のある顔で……可愛かったなあ」

「なのに、博奕は止められなかったのか」

「そんなふうに言わないでおくんなせえ……でも、本当に後悔先に立たずだ……よく見えないが、面影は残ってるよ」

「やり直したいか」

「できることならね……でも無理だ。また悪さに加担しちまったし、死罪にならなかっただけ、有り難いこってす」

両肩を落として情けない声になった。友だちと鞠を交互についている娘の姿を、照吉は目に焼きつけるように見ていた。しだいに辺りは暗くなってきて、間もなく夕陽は西の空から消えていく。そして東の空には、月が顔を出している。

名残惜しそうに娘を見ていた――その時、鞠を受け損ねたお菊は、通りの方に転がった鞠を追いかけた。

鞠はポンポンと跳ねながら、掘割の方に転がっていった。お菊は懸命に追いかけてきたが、鞠は無情にも掘割の中に転がり落ちてしまった。そして、お菊もそれを拾おうと屈み込んだ勢いのまま、掘割にドボンと落ちた。

お菊はまだ泳ぐことができないのか、バタバタするだけで、すぐに沈んでしまう。宵闇が迫っているから姿が見えなくなった。

――あっ！

考えるよりも先に、照吉は掘割に飛び込んで、お菊が沈んだ方に泳いでいった。忠兵衛は迂回して橋を渡って、対岸に向かって走った。

その間、照吉は必死に泳ぎ、他の子供たちも驚いて、掘割の縁まで駆け寄ってい
た。中のひとりは、長屋まで走って帰って、「大変だ。お菊ちゃんが落ちた」と大
人たちに報せているようだった。

掘割の水面は暗くなっていた。昨日降った雨のせいで、水位が上がっていたのか、
潜った照吉の姿すらも、しばらく消えて見えなくなった。

「おい！　照吉、大丈夫か！」

忠兵衛も思わず飛び込もうとしたとき、少し離れた所から、バッと照吉が顔を出
した。その腕には、お菊を抱えている。

大丈夫だ。お菊の意識もちゃんとあるようだ。照吉はお菊を、掘割の船着場の石
段まで泳いで連れてきて、岸まで抱え上げてやった。わずかな間のことだが、とて
も長く感じた。

そこに、長屋のおかみさんたちも駆けつけてきた。

真っ先に来たのは、小夜だった。すぐに、ずぶ濡れのお菊を抱きしめて、

「だから、遠くに行っちゃダメって言ったじゃないのッ」

と心配しながらも、強い口調で叱ってから、立ち尽くしている照吉を見上げた。

一瞬、目を凝らした小夜は、「ひっ」と悲鳴のような声を洩らし、

「この子に……この子に何をしたんですか……何をしたんですッ」

と睨み上げた。

「違うよ、おっ母さん……この人は、助けてくれたんだよ」

お菊がそう言うと、他の子供たちも「そうだよ、そうだよ。助けてくれたんだよ」と口を揃えて話した。

それでも、小夜は礼も言わずに、お菊の手を引いて、長屋の方に立ち去った。明らかに照吉だと分かった様子だったが、逃げるのが精一杯のようだった。

「――恨むなよ」

忠兵衛が声をかけると、照吉はずぶ濡れのままで照れ笑いをして、

「助かってよかった……旦那。この掘割、奉行所でどうにかして下さいよ。子供たちが落ちたら、危ないじゃねえか」

「そうだな。小普請方に伝えておくよ。藤田様も御家断絶で、担当の若年寄が代わったから、すぐにでも善処するだろうよ」

「お願いしやすぜ」

照吉は妙に爽やかな笑みを洩らして、

「最後の最後に、我が子の温もりを感じやしたよ……」

と抱っこをする真似をした。

「夕陽が落ちるまでって言ったのに、すっかり遅くなりやした。行きますか……へへ……ヘックション」

クシャミをしながら、忠兵衛とともに宵闇の中に消えていった。

いつもの『蒼月』では、辰五郎と美鈴が何事もなかったかのように、料理や酒を出し、客を相手に談笑していた。

偽金作りや爆薬作りに関わっていた浪人たちも捕縛し、刑に処すことができたことで、篠原ら定町廻りの同心たちや銀蔵ら岡っ引も押し寄せてきて、店は満杯だった。

「いや、それにしても、篠原様の此度の活躍は、まさに同心の鑑でございますな」

殺人や強盗という凶悪犯罪を扱う定町廻り同心は、咎人に負けないくらいの荒くれ者が多い。酒のせいで箍が外れたのか、黒羽織と十手がなければ、ならず者の集まりに見える。中でも篠原は押し出しが強いから、やくざの親分と見紛うときもある。

だが、やっていることは、役人にありがちな、上役へのヨイショばかりである。

そして、無能な他の役人たちの悪口を肴に、せっかくの辰五郎の料理を味わうこともなく、酒ばかりをガポガポ飲んでいた。

「今日は、角野はどうした……ひっく」

篠原が真っ赤な顔で辰五郎に訊くと、美鈴の方が答えた。

「旦那方の慰労ってことで、鯛を釣って来てくれたんですよ……ちっとも箸をつけてませんがね。どうします。後で、鍋にでも致しましょうか」

「角野は来ないのかって訊いてるんだ」

「ですから、鯛を……」

「なんだ。俺の顔をそんなに見たくないのかね。ま、手柄とは縁のない〝くらがり〟だから、恥ずかしくて来られねえか」

「ですよねえ」

内田がさらに手を叩きながらヨイショすると、美鈴が「ちょいと」と不穏な声を洩らして、酔っ払っている同心たちに、

「うちは新鮮な魚と料理で勝負してるんです。食べたくないなら、帰って下さい」

とハッキリとした口調で言った。

「えっ……そんなふうには思ってないぞ……大将の料理は美味いし、美鈴は綺麗

……俺はこの店が大好きだぜ」

ニコニコしながら内田が店もヨイショすると、篠原は酔いに任せて、

「何が気に食わないのだ、美鈴……こちとら只で飲み食いしてるわけじゃないぞ。お奉行からも金一封を貰ってでだな……」

「では、お訊きしますがね……」

美鈴はパンと前掛けを叩いて、篠原の前に立った。

「若年寄・藤田様の屋敷に悪い奴らがいると探し出したのは、何処のどなたでしょう。その藤田様と『日高屋』がグルになって偽金作りをしていたのを調べたのは、あなたですか。そして、昔のことを洗って大岡様の裁きに間違いがなかったと炙り出したのは誰ですか」

「なんだと……」

「たしかに篠原様たちも命がけで日々頑張ってくれていることは、私も承知しております。感謝しております。でも、手柄を立てるためにやってるのですか」

「………」

「誰か人を救いましたか。辛い人の心を救ってあげましたか」

美鈴はさらに顔を近づけて、

「同心というのは、人と心を同じくすること、役人とは、人の役に立つことと、教わったことがあります。ええ、忠兵衛さんにです」

「なんだ、そんな屁理屈……」

「あなたとは違うんです。うちは、お金を出すんだから何でも食べさせろと、偉そうに来る客はお断りなんです。食べるという字は、人に良いと書きますよね。少しでも、人のためになりたい思いがあるからです」

「……」

「なのに、篠原様は手柄ですか。手柄って、手と柄ですよね。柄杓の柄の方が水をくめるだけマシですよ」

立て続けに喋っていると、篠原が腰掛けからズルッと滑るように床に倒れた。他の同心たちがすぐに支えて座らせたが、

「――あっ……寝てた……」

と言った。そして、これまた何事もなかったかのように、

「さあさあ。鍋でもなんでも、どんと持って来い。今夜は無礼講だ。おい、美鈴。おまえも一緒に飲もうではないか。さあさあ」

「人の話、聞いてました？」

「おう。相談があるなら、明日聞いてやるよって、さあさあ酌だ酌だ」

篠原がわざとやっているのは、辰五郎も承知している。今日もやはり、格子窓の外には蒼い月がポッカリと浮かんでいた。

# 第四話　後家の一念

一

どんよりと黒い雲が広がり、瀟々と雨が降っている真夜中——何処か商家の蔵の中であろうか、大店の主人らしき三十絡みの男が、数人の荒々しいならず者風に、手足を押さえ込まれている。

息苦しそうに手を伸ばそうとする三十絡みの男は、羽織姿で上等な絹の着物を着ているが、その顔は真っ青で悲痛に歪んでいた。

「た、助けて下さい……お願いです……い、命だけは……決して喋りません……本当です。何でも言うことを聞きます……私には妻も娘もおります……どうか、どうか……」

必死に命乞いをする大店の主人らしき男は、数人がかりで押さえつけられ、首に縄を巻きつけられた。喉をぐいっと締めつけられると、男は声を出すこともできなくなった。咳き込むことも許されないほど、さらに強く絞められ続けた。

ならず者たちは、力任せに首の骨が折れるほど、縄を思い切り縛りあげた。そして、縄の端を梁に投げかけると、まるで材木でも引っ張り上げるように、「せえの」と声をかけて引っ張った。

ギシギシと縄が擦れる鈍い音を立てながら、主人風の男の体がゆっくりと起き上がった。さらに、宙に浮き上がった男の体は、足掻くように揺れた。バタバタと足を動かそうとしているのは、まだ息がある証であろう。

「もう一息だ……」

声を掛け合いながら、ならず者たちが男の体を引き上げた。しばらくすると、男の足は動かなくなり、両腕もだらりと下がった。顔も仰向けになったように上を向いており、白目になっていた。

死ぬのを見届けるように、ならず者たちが並んで見上げている。まったく動かなくなってから、ならず者ひとりが、ぶらりと垂れた足の下に文を置いた。『遺書』と達筆で墨書されている。

ならず者たちは「なんまいだあ」と静かに呟きながら、蔵から立ち去った。

翌朝――。

番頭の冬兵衛が、用事で蔵に入ったとき、主人の首吊り死体を見て、吃驚仰天した。報せに狼狽しながら、女房のお滝が駆け込んできたが、変わり果てた夫の姿に、愕然となった。当家の主人・斎右衛門である。

後から来た、まだあどけない顔の七歳くらいの娘、舞衣も蔵の表から覗いていた。やはり衝撃のあまり、呆然と立ち尽くしているだけであった。本当に驚いたときに、人は無表情のままだ。

お滝は思わず娘を抱きしめて、

「見ちゃだめだよ……見ちゃだめだよ……」

と言いながら、その場に座り込んでしまった。

すぐに、町方同心が来て、色々と調べてみたが、特に不審な点は見つからず、遺書も残されていたことから、覚悟の上での首吊りだと判断された。

多額の借金があり、代々続いた店が潰れそうであるというのが理由だった。

女房のお滝は、それでも少しずつ返していき、なんとか急場を凌いでいたと話した。番頭の冬兵衛が出してきた帳簿を見ると、借金はほとんど残っておらず、商売の規模から見て返済が無理な額ではなかった。

しかし、日頃から、自分を責める気質の斎右衛門は、事あるごとに、

「ああ……だめだ……いっそのこと死んでしまいたい」

と呟いていた。それを、お滝は何度も耳にしていたという。だが、まさか本当にこんなことが起こるとは、思ってもみなかったと泣き崩れた。

娘の舞衣が父親が死んだと実感したのは、葬儀の席である。大勢の弔問客が来て、

「あんな良い人がどうして……」

「お内儀や娘さんが、あまりにも可哀想だ」

「自分を追い詰めることはなかったのに」

「本当に真面目が着物を着ているみたいな人だったのに、惜しい人をなくした」

などと父親を慕うような言葉をかけられたとき、大粒の涙が溢れた。

まだ七歳の幼い娘ながら、悲嘆に暮れている母親と店の奉公人、弔問に来た人々の姿に囲まれて慟哭した。その舞衣の姿は、訪れた人々には忘れられないものとなった。

それから、十数年の歳月が過ぎた初夏の蒸し暑い日——。

京橋の一角にある油問屋『阿波屋（あわや）』で、一家皆殺しの事件が起き、南町奉行所の定町廻り筆頭同心・篠原恵之介らが集まって、テキパキと検屍していた。

店から廊下、奥の座敷にかけて、真っ赤に血に染まった八人分の死体が倒れていた。無残にも肩口から胸にかけて、バッサリと斬られているのがほとんどで、壁や襖、障子、天井にまで血飛沫（ちしぶき）が張りついている。

「酷いことをしやがる……この店で、一体、何があったってんだ……」

さしもの篠原も、あまりにも凄惨な殺しの場に臨んで、思わず息を呑んだ。定町廻りの同心が一斉に駆けつけて調べていたが、どう見ても〝押し込み強盗〟であった。

「かなりの手練れが斬ったな。これは侍の仕業に違いあるまい」

と篠原は判断した。

「裏の蔵が破られています」

内田が駆けつけてくると、その後ろから宇都宮も来て、

「蔵の中には、千両箱がひとつもありません。売り物の菜種油や胡麻油、魚油などは樽詰めにされたまま残っておりますがね」

と報せた。篠原が確認するまでもなく、明らかに金目あての凶行であろう。

「それにしても皆殺しにするとは……寝込みを襲ったようだが、これだけ家人が逃げ惑っていた様子を見ると、まるで一旦起こしてから、わざと恐怖を与えたようにも思える」

篠原の推測に、内田も頷いて、

「かもしれませんね。としたら、恨みでもある者の仕業でしょうか」

「うむ。幾らあったか知らないが、千両箱を全て盗んでいるのだから、手際の良さを感じる。どうやら一筋縄ではいきそうにない事件のようだな」

篠原が唸ったとき、表通りから、八田錦が入ってきた。

「あっ……！」

やはり驚きを隠せないほど、酷い殺しだと感じたのであろう。死体を見慣れた錦ですら、二の足を踏むような、おどろおどろしい修羅場であった。

殺されたのは――。

当家の主人・秦右衛門、その妻・おかね、次男の貞次郎、その妻のおすま、三男の範三郎、住み込みの手代三人である。

「どうだい、錦先生……美しいその顔もひん曲がってしまうくらい、凄いだろ」

篠原はこの場においても、女医者をからかう余裕があるのか、死因を特定するようにと頼んだ。もちろん、錦はすぐに取りかかったが、死体を検分しようにも廊下や板間には、まだ固まりきっていない鮮血が流れていて、履き物を履いていても滑るほどだった。油ならぬ、血脂のせいだ。

それでも、錦は一体一体、丁寧に見て廻った。詳細は奉行所に運んで後、じっくり検屍せねばならぬが、いずれの亡骸も刀で斬られた衝撃と失血によって、ほとんど即死したことに間違いはなかろう。

「金蔵の鍵は壊され、千両箱はひとつも残っていない……しかも、店の者は皆殺し……同心暮らしは長いが、ここまでの事件にはそうそうお目にかかれぬ」

「なんだか嬉しそうな物言いですね、篠原様は」

錦が返すと、篠原は少しばかり意地悪そうな目になって、

「こういう事件はな、先生……絶対に〝くらがり〟に入れちゃならないんだ……角野たちの手に渡ってしまったら、それこそ未来永劫、分からないだろう」

「そうですね。なんとしても、下手人を挙げて下さい。篠原様の手で」

「言われるまでもない」

篠原は帯に挟んでいた十手を、グイと握って、忌々しげに今一度、倒れている死体の群れを眺めていた。

すると、佐々木が裏庭の方から来て、

「ひとり足りませんぜ、篠原様」

と声をかけた。

「なに？」

「隣家の話では、もうひとり、長男の嫁が一緒に暮らしていたそうです」

「長男の嫁……」

「ええ。長男は紋一郎といって、病がちな男だったそうで、三年前、心の臓の発作で亡くなっているんです」

「発作……」

「ええ。嫁は今も店の手伝いをしてたらしいので、そのまま他の家人と一緒に、ここに住んでおったとか……その嫁の姿が見当たらないのです。何処かで殺されているのかと思い、屋敷内を探したのですが……」

佐々木が首を横に振ると、岸川も近所の聞き込みから帰ってきて、

「長男の嫁はまだ若いけれど、かなりの美形で、浮世絵から出てきたようだと評判だったらしいですよ。取引先の人たちも、嫁に会うのが楽しみだというくらいにね」

「ほう……錦先生とどっちが美しいかね」

また篠原が余計なことを口走ると、錦は振り返って、

「妙ですよね。その人だけがいないなんて」

「美人だから、手籠めにでもするために、賊に連れ去られたか、それとも……その長男の嫁とやらが、手引きでもしたか……」

篠原は唸りながら、店内を見廻していたが、

「しかし、いくらなんでも、こんな極悪非道に嫁が手を貸すかな……いずれにせよ、行方を探さなきゃならぬな」

「ですが、実家にも戻ってないんですよ」

「なに、実家……？」

「ええ。実は、嫁の実家は、ここからさほど離れていない日本橋の『高崎屋（たかさきや）』という炭問屋らしいですよ」

岸川が日本橋まで行ってきたと伝えて、

「油問屋に炭問屋という関わりも深いようでしてね、よく往き来をしていたらしいです。そんな女が手引きなんてことは考えられません。やはり……連れ去られたかもしれませんね」

「うむ。いずれにせよ、この惨劇だ……妙な風向きになってきたな……で、女房の名は何というのだ」

「舞衣というそうです」

「——舞衣……」

そのやりとりを、錦は冷静に見ていた。その凜とした瞳に、岸川は緊張しながらも、

「は、はい。岡っ引連中にも伝えて、なんとか行方を探し出させましょう」

「ああ、頼んだぞ」

篠原が真っ赤に染まっている店内を、今一度見廻しながら、何処かに下手人に繋がるものはないか鋭い目を向けていると、

「おや、忠兵衛さん」

錦が表に駆け出ていった。そこには、角野忠兵衛と一緒に、北内勝馬もいた。

「——なんだ。〝くらがり〟に用はないぞ」

と半ばムキになって篠原が声をかけたが、勝馬も凄惨な場に驚きながら、

「これは大変ですね……俺たちにも手伝えることがあれば言って下さい」

「ないよ。邪魔だけはするな」

「ええ。ですが、これが永尋になったらこっちが大変なので、そうならないように今のうちに手を貸した方が……」

勝馬が言いかけるのを錦が止めて、

「ここは忠兵衛さんに任せて、私とご一緒下さい」

「えっ……それは、お誘いですか」

「はい――」

錦がさっさと一方へ行くと、勝馬も急いで後を追いかけた。

二

日本橋の炭問屋『高崎屋』でも、〝親戚〟である『阿波屋』の話で持ちきりだった。

もっとも『高崎屋』は実は、先代とは別の者が看板を受け継いで営んでいるのであって、舞衣の本当の「実家」ではなかった。

そのことを錦は知っており、勝馬に篤と調べさせたいと思って、連れてきたのである。『高崎屋』の当代の主人・丹左衛門は、町医者としての錦の患者であり、時折、店まで出向いて来ることもあった。舞衣とはきちんと会ったことはないが、噂話は聞いたことがあったのだ。

奥座敷に招かれた錦と勝馬は、丹左衛門に『阿波屋』のことを色々と尋ねた。

「舞衣さんは、実は先代・喜右衛門さんの義理の娘になります」

おっとりした真面目そうな丹左衛門が話を切り出すと、勝馬は首を傾げ、

「義理……というのは」

「喜右衛門さんの後添えとして、お滝さんという人が来ましてね。舞衣さんは、その連れ子だったのです」

「連れ子、か……」

「ええ。でも、喜右衛門さんはお内儀に先立たれた上に、子供もいなかったので、それはとても可愛がっていたとのことです」

「そうだったのか……では、喜右衛門とお滝が、『阿波屋』に娘を送り出したのだな」

「いえ。その前に色々と事情があるようなのですが」

「事情……」

「これは、仲人をした札差の方の話なので、私も又聞きになりますが……」

と前置きをして、丹左衛門は真摯な態度で続けた。

「お滝さんは、後添えになる前は、下谷広小路にあった『土岐屋』という家具問屋のお内儀だったのです。そこそこ大きな商いをしてたのですがね、主人の斎右衛門さんでしたか……が、首を吊って亡くなりましてね」

「えっ……」

勝馬は吃驚したが、錦は承知していたのか、さほど驚かなかった。

「もう十数年も前のことです」

「――錦先生は知ってたのですか、そのことを……」

表情で勘づいたのか、勝馬に問われて、錦は頷いた。

「父はそのとき、奉行所から頼まれて『土岐屋』まで検屍に行ったそうです」

「検屍……」

「自害の場合は調べますからね。私もまだ年端もいかぬ子供でしたから、事情はよく分かりませんが、『これは自害ではない。殺されたのだ』と随分と怒ったような感じで、町方同心に話していたのを覚えてます」

「殺し……？」

「首の骨の折れ方とか、着物の皺や乱れだとか、履き物の置き方やら、不自然な遺書とかで、首吊りに見せかけられたのだろうと」

「でも、意見は採用されなかった」

「だと思いますよ」

「自害と決まったのなら、永尋には残ってないだろうが、此度の話と関わりが？」

「いいえ。分かりません」

錦はあっさりと答えて、丹左衛門にその先を訊いた。

「家具問屋の方は、番頭の冬兵衛さんて方が引き継いで、お滝さんを女主として守り立てたようです。ですが、女の手ではなかなか繁盛させることができず……ご主人が亡くなって三年後には店は閉めて、番頭さんや手代らもバラバラになり、何処へ行ったか分かりません」

「商いは大変だな……」

「それで、喜右衛門さんと縁あって、お滝さんは『高崎屋』に入ったわけです。が、数年も経たないうちに、今度は喜右衛門さんが突然の病で亡くなってしまった」

「……」

「お滝さんはつくづく亭主に恵まれないとの思いがあったのかもしれませんが、周りからは〝毒婦〟扱いですよ……舞衣さんを見ていても分かるように、お滝さんもかなりの美形でした。だから、なんとなく悪い噂がついて廻りましてね……」

丹左衛門はなぜか申し訳なさそうな顔になって、

「そのお滝さんも、喜右衛門さんを追うかのように、一年ほど後に、ぽっくり亡くなりました……お滝さんは、土岐屋さんに続いて、今度も〝女主人〟になって頑張っていたけれど、やはり苦労が祟ったのでしょうかね……」

「……」

「それで、この店が売りに出されたので、先程話した札差が縁を取りもってくれ、私が買い取り、屋号も職種も引き継いだわけです」

丹左衛門は元々、上方の掛屋という江戸で言えば札差のようなもので、幕府や諸藩の蔵屋敷を預かる、いわば公金を扱う金融業者である。ゆえに、金に物を言わせて、〝江戸店〟として『高崎屋』を営んでいるのである。

「舞衣さんは、先代の娘ということで、私の店で面倒を見させて貰ってました……私には大坂に女房も子供もおりますので、養子にはしませんでしたが、その頃、商売でお付き合いのあった油問屋『阿波屋』さんの跡取り、紋一郎さんに見初められて、嫁に行くことになったのです」

「嫁に……ああ、それで『阿波屋』に嫁いで、ここが実家だということか」

勝馬は納得したが、丹左衛門の顔つきでは、まだ事情がありそうだった。

「本当に、舞衣さんには、可哀想なことをしましたよ」

「可哀想……ああ、たしか紋一郎は心の臓の発作で亡くなったとか」

「ええ……商売上の都合で『阿波屋』との婚儀を決めたようなものなのです。実は、私はこの店を買い取ったものの、『阿波屋』に対して幾ばくかの借金が残ってましてね、舞衣さんが嫁入りすれば、借金はなくすことにすると、先方から約束されました」

「嫁に貰う代わりに、借金をチャラにしてやると……」

「ま、そういうことです。舞衣さんは素直に、喜んで受け容れてくれました。紋一郎さんは、舞衣さんを見知っていましたが、実は舞衣さんの方はハッキリとは覚えていなかった。一度もきちんと会ったことはないけれど、嫁入りすることになった。親の都合での婚儀はよくある話ですがね」

「………」

「ところが、祝言を挙げたその日……紋一郎さんが心の臓の発作で、突然、死んだんです。でも、祝言を挙げたのだからということで、舞衣さんは『阿波屋』の嫁として家に入ることになりました」

「……」

「まだ十七くらいの娘ですよ。でも舞衣さん本人も承知しました……うちの借金がなくなるからです。仮にも、実の母と養父の店だから、そうしたいと」

丹左衛門はまた申し訳なさそうに、涙すら浮かべて、

「紋一郎さんが亡くなったために、母親の毒婦ぶりは、娘も継いでいるのかと……そんな噂が立ってました。それでも、舞衣さんは頑張った……主人の秦右衛門さんは隠居しており、事実上、商売は次男の貞次郎さんが行うことになったので、舞衣さんは長男の嫁でありながら、下働きの女中同然に扱き使われてたそうです」

「下働き同然に……」

「なのに、こんな惨劇に巻き込まれるなんて……」

「そうでしたか……あんまりですね」

錦も痛ましく思ったが、勝馬は別の印象を受けており、同心の目になって、

「もしかして、丹左衛門……おまえは、『阿波屋』皆殺しは、舞衣がやらかしたとでも思ってるのかい」

「まさか……」

丹左衛門は首を横に振りながら、

「仮に、どんな酷い仕打ちをされていたとしても、舞衣さんが人殺しなんてするわけがない。そんな娘じゃない。人に言えない苦労をしただけに、心根の優しい娘なんですよ」

と我が子のように庇った。

しかし、舞衣だけがいないのは事実である。

押し込みの賊に拐かされたと考えられなくもない。もしそうなら、何らかの手掛かりが残っているはずだ。

——一家皆殺しにされたが、ひとりだけ行方知れずのまま。

丹左衛門の話から、舞衣を探し出さねばならぬと勝馬は決意した。〝くらがり〟に落とさないためには、どういう形にしろ、舞衣との関わりを調べねばなるまい。

錦と丹左衛門もできることはすると、勝馬に約束をするのだった。

三

奉行所の牢部屋奥にある土間には、『阿波屋』の被害者である主人の秦右衛門、その妻のおかね、次男の貞次郎、その妻のおすま、三男の範三郎と、幸助（こうすけ）、仁六（じんろく）、柾吉の三人の手代の死体が並んでいる。改めて、その無残さが分かる光景であった。

その前で、忠兵衛は深い溜息をついて、

「——つまり、行かず後家……ということか」

と呟いた。

傍らには、『高崎屋』丹左衛門から聞いた話を伝えたばかりの勝馬が立っている。やはり、胸を痛めながらも、慣れぬ亡骸を眺めて気分が悪そうだった。

「十七の身空で嫁に行った日に、夫に死なれた……それでも嫁として働き続けた……まだ二十歳そこそこなのに、辛いだろうな」

忠兵衛は類似の事件を扱ったことを、勝馬に話した。

行かず後家とは、元々は武家同士の婚儀での言葉だった。

武士が結婚するには、上役の許可がいる。ところが許可を受け、結納を交わした直後に夫が死んだ場合、まだ体の契りも交わしていないのに、いや、会ったこともないにも拘わらず「夫婦」となる。そして、女は生涯、顔を見たこともない男のために、貞操を守らなくてはいけない。それが、行かず後家と言われた所以だ。

「なんだか、それも悲惨ですねえ……」

若い勝馬には到底、信じられないことだった。

「俺が死んだ夫なら、他の人と一緒になれよと言いたくなりますけどね」

「そうだな。長年連れ添った夫や女房なら、一緒にいた頃のことを思い出して、懐かしみ愛おしむことができるがな」

「そういえば、忠兵衛さんも奥方が……」

「俺の話はいいよ。それより、詩織(しおり)はどこでどうしているかなあ……」

「誰ですか、それは」

「いや、それがいつも笑ってる女でな。会うごとに違う仕事をしてて、なんだか知らないが俺の探索に首を突っ込んで……」

楽しそうに笑顔が洩れたので、勝馬は勘繰るように、

「もしかして、忠兵衛さん、奥方よりも好きでしたか、その人のことを」

「馬鹿を言うな。惚れたのは女房ひとり。おまえも生涯かけて惚れ抜く女を見つけろ。錦先生がいいだの、美鈴の方が可愛いだのと迷っているようでは駄目だ」

「迷ってませんよ」

「おお、そうか。誰かいるのか」

「俺の話より、行かず後家のことを……」

勝馬が話を断ち切ると、忠兵衛もそうだなと頷いて、

「行かず後家って〝しきたり〟は、町人でも、大店の商人は踏襲している所もけっこうあって、『阿波屋』としては、一度、嫁に貰った女を帰すわけにはいかない。ましてや、死んだ長男の嫁を、他の男や家に委ねるのも世間体が悪いってことになるんだろう」

「どうしてですか」

「貰った嫁の面倒を見なかったことになるからだ……もっとも、実のところは、店の商いの都合、親の都合で嫁入りさせられることが多いから、舞衣の場合も、商売上必要だったのかもしれぬな」

「てことは、丹左衛門も結構、食わせ者ってことですかね。『阿波屋』からの借金が帳消しになったんだから」

「さあ、それは分からぬが、舞衣を嫁として扱ったから、『阿波屋』としては、油に加えて『高崎屋』の炭まで扱う鑑札を得たし、『高崎屋』の方も、油を扱えるようになった」

「持ちつ持たれつ……てことですか」

溜息混じりに勝馬は言った。

「そんなことのために、舞衣は自分の人生を棒に振ったってわけか……母親といい娘といい、何の因果か辛いですねえ」

「さあ、どうだかな」

忠兵衛は目の前に並ぶ仏を眺めながら、

「可哀想なのは殺された方だ……もし、舞衣のことを女中同然に酷使していたとしても、こんな目に遭わされる謂れはない」

「そりゃそうですが……忠兵衛さんも、まるで舞衣がやったかのように言いますね」

「む……？」

「いえ、丹左衛門からも、ちょっとですがそんな感じがしたもので」

勝馬の言葉を受けて、忠兵衛は永尋書留役の詰め部屋に戻った。勝馬がついていくと、文机の上に綴り本がひとつ開いてある。

「実はな、『土岐屋』……舞衣の本当の実家だ」

「父親が首を吊ったという……」

「そのときのことが、これに書き残されている。奉行から裁許されたが、やはり当初は事件の疑いも拭いきれぬと調べていたらしい。見てみろ……おまえの恋しい錦先生のお父上の見解も残っている」

「篠原様のような言い草は良くありませんよ……」

　と言いながら勝馬が見ると、たしかに『斎右衛門は、何者かに首を絞められた後に、吊るされたのかもしれない』とある。錦先生が覚えていたとおり、着衣のことをはじめ、蔵の土間に残っていた複数の足跡、梁に縄が擦れた痕跡があること、遺書の筆跡があまりにも綺麗だということなどから、当時の定町廻りも不審を抱いていたのは確かだ。

　他に、最初に斎右衛門の首吊り死体を見つけた番頭の冬兵衛のことを疑った節もある。毎日、夜は帳簿合わせのため、主人と算盤をはじいているはずだが、翌朝まで気づかなかったことを訝しがられた。

　女房のお滝も、同様の疑いがかけられた。寝間は一緒でも夜中に出たから気づかなかったとしても、日頃の異変は感じたはずだ。ふつう遺書は女房の枕元にでも置いておくのではないかとか、夫婦喧嘩のことまで調べられた。そんな中で、お滝と冬兵衛の仲まで疑われることになったのだ。

「まあ、商家の内儀が主人と不仲で、番頭とできてるなんて話は腐るほどある」

「腐るほどあるんですか」

「物の譬えだよ。お滝と冬兵衛のことは分からぬが……店を畳んだ後の冬兵衛のことが分からないのも妙だ」

「——もしかして、忠兵衛さんは、この件は殺しで、お滝と冬兵衛が嚙んでいる……なんてことを考えているんじゃないでしょうね。もし、そうだとして、此度の『阿波屋』の一件と何か関わりがあるのですか」

「さあな。でもな……」

忠兵衛は綴り本の片隅を指しながら、

「これを書き残した、その頃の永尋書留役同心は私見として……『殺しの疑念は捨てきれず。その訳は八田医師の検屍にあわせて、娘・舞衣の証言にあり』とある」

「舞衣のことが記されているのですかッ」

吃驚して勝馬も覗き込んだ。

「ここを読んでみな」

「なになに……『大勢、大人が来て、お父っつぁんを何処かに連れていった。そのまま帰って来なかった。そしたら、朝、死んでいた』……舞衣は見ていたのですかね」

「その記述では、夜中に小便か何かで起きたらしいんだ。そのとき舞衣は見たのだというが、母親も起きてきて、早く寝なさいと障子を閉めたようだな」

「……」

「同心か岡っ引にその話をしたが、舞衣は夢を見ていたのだろうと、母親がな」

「母親が……お滝でしたよね……」

「ああ。お滝は何も見ていないと証言している。冬兵衛もな」

「冬兵衛も……」

「寝惚けていた子供の話だとして捨て置かれたのだろう。だが、それがもし事実だとしたら、錦先生の親父さんの見立てが間違いではなかったことになる」

忠兵衛の言葉にハッとなった勝馬は、錦と『土岐屋』を調べてみる必要があると立ちあがった。だが、もう十数年前のことである。『土岐屋』自体もなく、違う商家が新しく店も蔵も建て直している。調べても無駄であろう、と忠兵衛は言ってから、

「昔のことと、此度のことが関わりあるかどうかは分からぬ。だが、俺は……〝くらがり〟を扱っているせいか、どうも引っ掛かる。そこでだ。『阿波屋』に嫁に入る前の舞衣のことを、できるだけ調べたいのだ」

「分かりました。俺も同じことを思っていたところです……いつも忠兵衛さん言ってますよね。昔と今は繋がってるって」

「当たり前のことじゃないか」

「それともうひとつ、幸運がしょっちゅう続かないように、不幸もそうそう続くものではないと……父親の首吊り、養父の死、夫の突然死、そして一家惨殺……他にもあるかもしれません。調べます」

勝馬が気合いを入れるように、自分で両頬を思い切りパンパンと叩くのを、忠兵衛は頼もしそうに見ていた。

四

舞衣の姿が消えたことについて、『阿波屋』や『高崎屋』と関わりのある商売人や出入りしている客などの間では、さほど不思議とは思っていない人が多かった。というのは、多少の事情を知っている者たちからは、あまりにも可哀想な身の上だと同情されていたからである。

その一方で、良からぬ噂も少なからずあった。舞衣が嫁に行く前も、嫁入りした後も、色々な男と出歩いている姿が、見られていたからである。丹左衛門は可哀想な身の上だからと、あまり窘（たしな）めることはなかった。

　だが、『阿波屋』の義弟である貞次郎からは、その都度、小言を言われていたという。その際、妻のおすまにも、

「まったく、兄嫁面して、ろくに働きもせず金ばかり使って、いいご身分だこと」

　と悪し様に罵られているところを、店に出入りしている者たちは、よく見ていたらしい。それは、三男の範三郎も同じであった。義理の両親となる秦右衛門とおかねは、年寄りでもあるし、さほどきつい物言いはしなかったが、

「『阿波屋』の恥になることだけは、しないで下さいましね」

　と窘めていたとの噂だ。それらは『阿波屋』に出入りしていた商人たちが目にしたものだが、勝馬は同じ油問屋仲間の主人から、思いがけないことを聞いた。

「──あれだけの美形ですからね、そりゃ町中を歩いていたら目立ちますよ。しかも男と一緒なら尚更ね」

「男と一緒……」

「ええ。とっかえひっかえとは言いませんが、まあ色々と」

　主人は『阿波屋』に入ったのも、金に苦労したくなかったからではないかと続けた。

「聞いた話ですがね、おっ母さんのお滝さんも、ほら旦那に先立たれたから大変だ

った。だから、『高崎屋』の後妻に入ったという噂ですからね……娘もそういうのが身に染みてるんじゃないですかね」

「金か……」

「でないと、紋一郎さんが死んだのに、家に居座るなんてことはしないでしょ」

「だが、それは〝行かず後家〟として犠牲になった、というふうに聞いているがな」

「まさか……舞衣さんの方から、嫁として居座ったとのことですよ。秦右衛門さんの話ではね……でも、あの金遣いの荒さ」

「そんなに荒かったのか」

「私もたまたま見かけたことがありますがね、一緒にいた男にポンと十両くらい渡してましたよ。何に使うのかは知りませんがね」

「なんと。そんなことをしていたら、店の者に叱られるのではないのか」

「持参金がかなりあったらしいですよ」

「『高崎屋』からの持参金か」

「さあ、詳しくは知りませんが、『阿波屋』では下働きの女中同然ですから、金は貰ってなかったはずなのに、なぜだか知りませんが羽振りは良さそうでしたよ。そういうところを見かけたのは、私だけではありません」

「そうか……」

勝馬は意外な面を聞いて、忠兵衛や丹左衛門の「舞衣がやらかした」という疑念は当たっているかもしれないと感じていた。

「旦那……こんなこと喋ったって、人には内緒にして下さいよ。八丁堀の旦那だから話したのですからね」

「ああ。誰にも言わぬ」

勝馬が主人から離れて、別の者からも話を聞こうと歩き出したとき、

「――勝馬さん。こっちこっち」

と手招きをする女がいた。

よく見ると、美鈴である。いつも店で働いている姿しか見ていないから、綺麗に着飾って、ほんのり化粧をしている美鈴は新鮮だった。近づきながら、

「馬子にも衣装だな」

「失礼しちゃうわねえ。これでも嫁入り前の女なんですから、振袖くらいいいでしょ」

「今、ちょいと探索中なんだ」

「だから呼んだんですよ。あの人です」

と一方を指さした。

振り向くと、颯爽と若侍が歩いている。藍色の羽織に袴姿で、両刀をきちんと腰に差し、供の中間を連れている。凜とした目つきで、背筋をスッと伸ばしており、武芸もかなり嗜んでいるように見える。

「誰だい……」

「元は、槍奉行配下の御家人らしいですよ」

「らしい……槍奉行といえば、老中支配で、江戸城中の門番や火の番をしているが、その配下の与力かな。もっとも槍奉行なんぞ、泰平の世の中では閑職だがな」

「さすが、よくご存知で。お名前は、矢神藤十郎といいます」

「あいつが何だ。元ってことは、何かやらかして辞めさせられたのか」

「さあ、それは知りませんが、勝馬さんが調べている、舞衣って人の男ですよ」

「なんだとッ」

「しかもね、『阿波屋』の一家惨殺がある何日か前に……ふたりは駆け落ちをしていたって噂があるんです」

「していたって……奴だけ帰って来たのか」

「それもまだ分かりません」

「分からないことばかりだな……色々な男と出歩いていたことは今し方、聞いたばかりだが、駆け落ちってのは俄には信じられぬ。どうして、そんなことを……」

「前々から理無い仲らしいですよ。『阿波屋』の嫁になる前から。でもね……」

話しているうちに、矢神藤十郎が遠ざかっていきそうなので、

「町方同心が近づくと警戒するでしょうから、私がちょいと調べてきますね」

と美鈴はニコリと微笑んで追いかけた。

先廻りするように路地に入り、次の通りに出るところで、美鈴はわざと飛び出して、矢神にぶつかった。

「あっ。ご免なさい。ちょっと考え事をしていて……」

美鈴はすぐにペコリと謝った。矢神は一瞥するだけで立ち去ろうとしたが、

「あれ……？　もしかして矢神様ではありませんか」

「――誰だったかな」

「舞衣さんの友だちですよ。いつだったか、ちらっとお目にかかりました」

「……」

「あのとき、舞衣さんから色々と話を聞きましたよ。うふふ。矢神藤十郎様とは、

『阿波屋』の紋一郎さんと祝言を挙げる前から、ちょっと深い仲だったたって」

噂に聞いたことを、美鈴は適当に話した。

「そもそも、暴漢から舞衣を助けたのが縁で、ふたりは仲睦まじくなったんですよね。だから、本当は矢神さんと一緒になりたかったのに、実家の都合で『阿波屋』に……女はやっぱり、一番好きな人と添い遂げたいのに、なんだか舞衣さん、辛そうでした」

「……何の話をしておる」

矢神は訝しげに睨みつけたが、美鈴は屈託のない笑みを浮かべながら、

「大丈夫です。私、口が固いから……余所では決して言いません」

と相手の顔色を見ていた。

「それにしても、『阿波屋』さんの事件、吃驚しました……皆殺しだなんて、いつ何処で何があるか分かりませんね」

「………」

何も言わずに凝視している矢神に、キョトンした表情を返して、

「あれ……矢神様じゃなかったかしら……ご免なさい。勘違いかも……あの時、ちらっとしか会ってないから、人違いかもしれません。申し訳ありません、お武家

様」

と踵（きびす）を返して行こうとした。すぐに矢神の方から声がかかった。

「待て、女……おまえのことなら、よく覚えておる。舞衣に負けぬくらい美しい女だとな……よかったら、蕎麦（そば）でも付き合わぬか」

「えっ……」

戸惑った美鈴に、矢神は近づきながら、

「実は、その事件の後、舞衣がいなくなってな」

「そのようですね……」

「少しでも手掛かりが欲しいのだ。話を聞かせてくれぬか」

「――はい……私でよければ……」

美鈴は警戒しながらも、矢神についていくと、角にある大きな蕎麦屋に入った。

馴染みなのか店の者はすぐに声をかけて、二階にある小座敷に案内した。注文の内容も、言わずとも分かっているようだった。中間には下で食べさせて、美鈴とふたりだけになった。

「ここからの眺めが好きなのだ……江戸城が見えるのでな。はは、かつての職場だ」

自嘲気味に言う矢神の横顔を、美鈴は見つめていた。

「ここは鴨せいろがうまいのだ。冷たい蕎麦を、鴨の脂が染み込んだ熱々のつけ汁で食うのがたまらんのだな、これが」

「あ、はい……楽しみです」

美鈴が微笑み返したが、矢神はあまり表情は変えずに、

「色々と噂をされた……もう、おまえの耳にも入っているやもしれぬが、あの事件が起こる五日前に、俺は舞衣を『阿波屋』から連れ出しているのだ」

「そうなんですか……」

知っているが、惚けた美鈴は、舞衣が何処にいるか訊き返した。

「分からぬ……一緒に陸奥にでも旅をしようかと千住宿に向かったが、その旅籠から姿を消した」

「いなくなったのですか……」

「仮にも商家の内儀だ。やはり駆け落ちは、ならぬ事だと思って店に帰ったのだろうと思っていた。あるいは、それほど俺に惚れてもいなかったのかと……だから、俺も何事もなかったかのように、番町の屋敷に戻っていたが……あの事件だ」

「……」

「町方は俺のことは知らぬだろうが、こちらから、わざわざ事情を話しに行くこともあるまいと思っている。痛くもない腹を探られるのは御免だからな」

矢神はまた自嘲気味に口元を歪めた。そこに燗酒が運ばれてきたので、美鈴は当然のように銚子を傾けて、杯に注いだ。

「——慣れた手つきだな……まるで酌婦みたいに」

チラリと目を向けて矢神は言ったが、美鈴は料理屋の娘だとは言わなかった。曖昧に、色々な仕事をしてきたからと誤魔化した。

「色々な仕事を、な……」

ぐいっと一口飲んでから、矢神は話の続きをしようとしたが、美鈴の方から訊いた。

「でも、舞衣さんは被害に遭ってなかった……店には帰ってなかったということです。何処へ行ったか気にならないのですか」

「ふむ……そりゃ気になるが……」

「こんなことは言いたくはありませんが、舞衣さんと矢神さんが組んで凶行に及び、有り金を奪って逃げた……なんて噂している人もいますよ」

「……」

「あなたと舞衣さんは、よく一緒に出歩いていたそうですからね。誰かが見ているものです。そして、人は噂好きです」

「ふん。俺が関わってるのなら、江戸なんぞにはおらぬよ。どうせ役職も辞めさせられたしな。ふはは……それに、舞衣には他に幾らでも男はいただろ。あれだけの女だからな」

杯を口に運んでから、矢神はジロリと目つきが変わって、

「で、おまえは誰なんだ」

「えっ……？」

「会ったことなどないはずだ。俺は元の仕事が門番ゆえな、人の顔を覚えるのが得意なのだ。一体、何者で何を探っている」

「………」

「もし町方の手の者で、俺が『阿波屋』一家殺しと関わっていると思っているなら、見当違いも甚だしい……おまえの上が誰かは知らぬが、伝えておけ。いつでも調べに応じてやるとな」

最後の方は脅し文句のように、矢神は声を低めて言った。

そこに、鴨せいろ蕎麦が運ばれてきたが、美鈴は口を付けずに立ち去った。だが、

矢神は気にする様子もなく、実に美味そうに蕎麦を食べていた。

五

南町奉行所は今日も、『阿波屋』の一件で、てんやわんやの大騒ぎだった。定町廻りだけでは手が足りず、臨時廻りや隠密廻りにも手を借り、他の外勤の与力や同心たちも、事件に関わる〝情報〟を集めていた。

だが、忠兵衛は相変わらず詰め部屋に籠もっており、舞衣やその母親であるお滝のことを調べていた。

さらに、十数年前に、『土岐屋』の主人が首吊り自殺したのと似たような事件も、幾つか洗い出していた。勝馬もそれに付き合わされていたが、さすがに帳面ばかり見ていて疲れ、

「忠兵衛さん。こんなことを調べて、『阿波屋』一家殺しが解決するのですか」

と辟易していた。

「そんなことは分からんよ。俺たちは定町廻りではないのだから、別の見方をして筋道を立ててみないとな」

「まあ、そうですが……」

「俺たちは元より篠原様たちも、消えた舞衣のことや、母親のお滝のことを何も知らないではないか」

「ええ、まあ……」

「気にならないのか、おまえは」

忠兵衛が逆に問いかけると、勝馬はふうっと溜息をついてから、

「この書類だけでは分かりませんがね、舞衣に同情する者はいるものの、あまり良く言う人もいない……でもって、母親のお滝のことを覚えている人は、案外いない」

「だな……人は二度死ぬ。最初はこの心の臓が止まって死んでしまうこと。そして、その次は誰からも忘れられてしまうこと」

「なるほど、さすが忠兵衛さん、名言ですね」

「誰かが言ってたんだよ」

「あ、そうですか」

勝馬はガッカリしたように苦笑したが、忠兵衛はいつものように淡々と続けた。

「でもな、このお滝って女も舞衣も、なんというのか……あまり人に覚えられない

ように生きてきた……って感じがするんだ」

「どういうことです。でもまあ、目立つのが嫌だって人間は幾らでもいますよ。忠兵衛さんだって、決して目立ってません。自分から目立とうともしてませんよね」

勝馬が貶(けな)すように言うと、忠兵衛は大きく頷いて、

「そうそう。目立たぬように暮らしている俺だから、気持ちが分かるんだ」

「一体、どう分かるのです」

「母親のお滝のことだがな、上総一宮(かずさいちのみや)の出だと、首吊りの『土岐屋』の裁許帳には残っているのだが、『高崎屋』の奉公人の話では、屋号と同じ高崎の出だってことで、前の主人の喜右衛門と意気投合したらしいのだ」

「えっ……では、どちらかが嘘だということですか」

「でな、『土岐屋』の自害の前に、江戸で主人が自害した店が何軒かあるのだがな、残された女房の名前は、海産物問屋『津軽屋(つがるや)』がお政(まさ)、材木問屋『木曽屋(きそや)』がお邦(くに)、そして廻船問屋『豊後屋(ぶんごや)』がお里(さと)……などと違うが、いずれも上総一宮の出となってるんだ」

「もしかして、同じ女だと忠兵衛さんは、思っているのですか。それだけの理由で」

「いずれの店も潰れたり、畳んだりして残っていないのだが、女房がいずれも美人で、しかも行方知れずなんだな……で、『土岐屋』の女房となったお滝も上総一宮の出で美形……でもって亭主が自害して、後添えとなった『高崎屋』の先代は病死……」

忠兵衛が謎めかして話していると、勝馬は「待って下さい」と止めて、

「まるで、主人が自害した店の女房たち……は、実は同じ女で、しかも、お滝だとでも言いたげじゃないですか」

「かもしれない」

「もしかして、忠兵衛さん……お滝が夫の死に関わっているとでも思ってるのですか」

「関わってるどころではない。殺した——と思っている」

「ま、まさか……根拠でもあるのですか」

勝馬は暴論だと決めつけたが、忠兵衛は頷いて、

「年齢も風貌も概ね一致するんだよ。残されている文書ではな」

「……」

「だから、面倒かもしれないが、おまえに調べてきて貰いたいんだ。今話した、お

政、お邦、お里……の素性をな」

　返事を待たずに忠兵衛は続けた。

「それから……」

「まだ、あるのですか」

「そりゃそうだ。肝心の舞衣の方だがな、お滝と『土岐屋』斎右衛門の子であることは間違いないだろうが……舞衣も、何人かの男と関わりがありそうだ」

「美鈴が調べてますよ」

「えっ。本当か……また余計なことを」

　忠兵衛は心配げに頬を歪めたが、勝馬の方も少し疑念を抱いて、

「——辰五郎と美鈴……この父娘は、何か曰くがあるのですか。忠兵衛さん、すっ惚けてるけれど、本当は密偵とかに使ってるのではないですか」

　と尋ねた。

「たしかに何かありそうな父娘だが、俺も本当のところは知らぬ。だが、ふたりとも、悪事を見て見ぬふりができぬ気質（たち）のようで、勝手に動き廻ってるようだな」

「それを承知で、利用しているってことですか。忠兵衛さんもなかなかの性悪ですね」

冗談めかして笑った忠兵衛だが、舞衣の行方が気になると真顔に戻った。

「この女も、なんとなく、母親と似たような匂いがするんだ」

「忠兵衛さんに女心が分かるとは思えませんがね……でも、たしかに舞衣のことは、俺も気になってました」

「そうなのか」

「ええ。だって、〝行かず後家〟なんでしょ。しかも、仮にも亭主の親兄弟に虐められていたとしたら、恨みを晴らしたい気持ちは分からないでもない」

「恨み、かねえ……」

「えっ。忠兵衛さんはそうじゃないとでも？」

「ま、とにかく。お滝のことと、舞衣のことをできるだけ調べてくれ」

「その間、忠兵衛さんは？」

「これに決まっているではないか、はは」

忠兵衛は釣り竿を投げる真似をした。勝馬は軽く舌打ちをして、

「では、美味しい鯛か鱸でも戴きたいですね、『蒼月』で……あ、そういえば、美鈴は、矢神藤十郎とかいう元槍奉行配下の御家人に当たってると思いますよ。とり

あえず耳に入れておきます」

「なに、矢神藤十郎だと……」

「知っているのですか」

「よくは知らんが、悪い噂だけは聞いたことがある」

「そいつが、舞衣と関わりがあるそうです」

「なるほど……そっちは、定町廻りを通して、調べてみることにする」

何か察したことでもあるのか、忠兵衛は納得したように何度も頷いていた。


忠兵衛が調べるまでもなく、篠原は矢神には目を付けていた。舞衣との関わりを尋ねてくる忠兵衛に、篠原は胡散臭そうに、

「角野はいつから定町廻りになったのだ。余計なことはしなくていい」

と言った。

「ですが、此度の『阿波屋』の大事件は、奉行所総出で取り組んでますからね」

「だが、おまえだけは何もしなくていい。なぜならば……邪魔だからだ」

嫌味な顔を向ける篠原に、苦笑しながら忠兵衛は返した。

「そんなに毛嫌いしなくてもいいではないですか。これまでも、手柄を何度も立て

させてあげてるでしょう」

「二度と、そんな口を叩くな。誰がおまえに世話になったのだ」

「申し訳ありません。つい本当のことを……」

「性格も悪くなったな、おまえ。やはり〝くらがり〟に長年、座っていると、心の中まで暗くなって、ひん曲がるのかねえ」

「それは、ともかく……」

「おい。そうやって、すぐ話の腰を折るな」

不愉快になる篠原の顔色など気にせずに、忠兵衛は矢神のことを伝えた。

「あいつが何故、槍奉行から職を解かれたか、ご存知ですか」

「役所の金を懐にしたと聞いたがな。上役に疑われたが、矢神は一切、認めなかったくせに、『恥をかかされたからには、もうお役目なんぞ辞める』と居直ってしまった」

「誇りが傷つけられたのですかね……」

「もっとも御家人であることには変わりなく、浪人になったわけじゃない。それで此度の事件ゆえな。疑いたくもなるってもんだ」

「たしかに、五千両も奪われたのですから、手引きした奴がいなければ無理な話でしょう。大勢の仲間がいるからこそ、それだけの大金をあっという間に盗んで、人知れず何処かに移すことができた」

忠兵衛が補うように言うと、篠原は当然だと頷いて、

「だとすれば、いなくなった舞衣が手引きをして、盗賊の仲間が押し込んで凶行を為（な）したと考えるのがふつうだ」

「ですねえ」

「もしかしたら、以前から矢神と話が出来ていたのかもしれぬ。矢神も御役御免になったところで、困りもしないと思っていたのであろう」

興奮気味に、篠原は持論を展開して、確信したように、

「だから、奴を泳がせてるんだ……『阿波屋』で扱き使われていた舞衣が、恨みを抱き、惚れ合っていた矢神と一緒になって罪を犯したに相違あるまい。顔も合わせたことのない夫には何の感情もないから、親兄弟も始末できたのだろうよ」

「………」

「それに、矢神はたしか新陰流（しんかげりゅう）の免許皆伝だ。寝込みを襲って、皆殺しにすることなんぞ、造作もないことであろう」

篠原はそう断じた。忠兵衛はそれだけのことで皆殺しまでするだろうかと引っ掛

かった。

「甘いな、角野……盗みを見られて居直ったとか、虐められた意趣返しとも考えられるが、もっと深いものがあるような気がする」

「――もしかして、舞衣には秘密があって、貞次郎たちに脅されていたとか？」

「えっ……おまえもそう思っているのか」

「だとしたら、皆殺しの辻褄も合わなくはありません」

「おお。珍しく気が合うではないか……もし何か摑んでいるものがあれば、俺に話すがいい。手柄次第では、北内共々、定町廻りにしてやってもいいぞ」

「勝馬はともかく、私はご免こうむります」

「ふん。欲のない奴だな」

陽の当たる定町廻りが、よほど偉いと思っているのであろう。だが、忠兵衛は目立たず地味な〝くらがり〟を扱う同心だからこそ、舞衣の闇も分かる気がしていた。

六

その夜、いつものように、ぶらりと『蒼月』に立ち寄った忠兵衛は、辰五郎と美鈴が深刻そうに話している姿を見た。暖簾を潜っても、気づかないでいた。

「――なんだ……鼠の死骸でもあるのか」

忠兵衛が声をかけると、ふたりは急にそわそわした態度になった。

「吃驚した。忠兵衛さんでしたか」

辰五郎は申し訳なさそうに謝って、「酒にしますか」と燗をつけ始めた。美鈴の方もいつもの愛想の良い笑顔に戻ったが、忠兵衛は白木の付け台の前に座ったものの、居心地悪そうに、

「悪いことでも相談していたか」

「いいえ。ちょいと……気になることがあって、忠兵衛さんにも相談しようと思っていたんですよ。実は……」

深刻そうに辰五郎が話し始めると、美鈴は惣菜を小皿に盛って差し出した。

「この前の『阿波屋』の件ですがね……あっしが色々と聞いて廻ったところ、何日か前に、いなくなった舞衣さんを品川宿の方で見かけたって話を小耳に挟んだんです」

「品川宿……」

「へえ。美鈴が、矢神って御家人から聞いた話では、千住宿まで一緒に逃げたとの

ことでしたが、正反対でやす」

「………」

「実は、美鈴は矢神と蕎麦屋に入る前に、ぶつかり様、財布を掏ってたんですよ。その財布の中には、これがありましてね」

辰五郎が差し出して見せたのは、矢神の道中手形だった。そこには、千住宿に行った形跡はなく、高輪の大木戸を往復した番所の印が押されてあった。

「つまり、奴が舞衣さんと千住に行ったというのは嘘で、東海道を西に向かったということです……舞衣の方の通行手形は、恐らく矢神が用意したのではないでしょうかね。女房にしてもいいし、なんとでもなるでしょう」

そこまで辰五郎が話したとき、忠兵衛は止めて、ふたりの顔を見ながら、

「その前に訊いておきたいことがある」

「へえ。なんなりと」

「これまでも何度か、事件のことを洗ってくれているようだが、どうしてそこまでやるのだ。何の得があるのだ」

「――何の得って……」

「あえて、おまえたちの素性は訊かぬ。だが、下手をすれば命だって危ういことも

ある。そこまでやるとは、もしかして……」

「もしかして……？」

「大岡様にでも頼まれているのか」

「いいえ。でも、どうして、そう思いなさるんです」

「俺も時々、大岡様から極秘に探索を頼まれることがあったからだよ。本来なら隠密廻りのやることとで、お鉢が廻ってくることはめったにないが、裏に何か大きなことがあるときには、唐突に命じられるんだ」

探索上の秘密を暴露するかのように、忠兵衛が話すと、逆に辰五郎の方が驚いて、

「いや、忠兵衛さん……やはり、ただの閑職の同心ではなかったのですね」

「……」

「だって、江戸南町奉行の大岡様直々に命じられるなんて、よほど信頼が篤いってことですよね。おみそれいたしやした」

「からかうなよ。どうなのだ」

忠兵衛が詰め寄って訊くと、辰五郎は美鈴と顔を見合わせてから、

「では、こちらも正直に申し上げますが……誰にも頼まれたり、雇われたりしてはおりません。ただ、てめえたちで、こいつは許せねえと思う悪い奴を見つけ出して、

お上に突き出すのが、あっしら父娘の性分なんです」

「性分では納得できぬな」

「忠兵衛さんだって、〝くらがり〟とは関わりないことでも、なんやかやと調べていますよね。それと同じです」

「こっちは一応、町方同心だ。罪人を捕まえて、刑に服させるのが仕事だ。そのために、微禄だが貰ってる」

当然のことだと忠兵衛は言ってから、美鈴が差し出した燗酒には口をつけず、

「辰五郎……おまえが義賊めいたことをしていたのは、なんとなく承知している。だが、事件探索はまた別の話だ」

「……余計だってことですかい」

「まあ、そういうことだ」

「あっしらとしちゃ、恩返しのつもりですがね」

「恩返し……？」

忠兵衛が訊き返すと、辰五郎は曖昧に口ごもった。忠兵衛は「いい加減なことを言うな」と制して説教臭く続けた。

「もちろん、おまえたちが何か悪さをしようとしているとか、怪しい奴らだとは思

ってはいない。ただ……町方でもないのに、危ない真似はさせたくない。命に関わることに巻き込みたくないだけだ」

「……」

「別におまえたちだけじゃない。誰に対してもそうだ。奉行所の探索に、町人を利用するつもりはないよ」

忠兵衛はキッパリ断言すると、立ちあがった。

「今日は釣りをしてないから手ぶらだし、帰るとする。とにかく、余計なことはするんじゃない。いいな、辰五郎、美鈴」

相手の返事を待たずに、忠兵衛は背中を向けて、潜ったばかりの暖簾を分けて、暗い道に出ていった。

仕方なく見送っていた辰五郎と美鈴だが、逆に微笑み合って、

「余計なことかね……へへ」

と呟いた。忠兵衛と入れ違いに入ってきた他の客に、辰五郎は威勢良く、「毎度、いらっしゃい。今日はかんぱちと烏賊のあわせ煮が、美味いですよ」と声をかけた。

翌日——品川宿の町角に、美鈴の姿があった。

実は、蕎麦屋で会った後も、矢神のことを見張っていた美鈴は、『阿波屋』の事件の直前直後の動きを徹底して調べたのだ。辰五郎には〝盗賊筋〟という裏社会との繋がりもまだある。ゆえに、怪しげな者たちの動向は、調べれば耳に入ってくるのだ。

美鈴は、『阿波屋』一家皆殺しが起こる三日ほど前に、舞衣らしき女を、高輪から品川宿まで運んだという駕籠屋を見つけ出した。

「そりゃ、絶世の美人でしたからね、覚えてますよ。日暮れ近かったし、どこぞのいいお店のお内儀かと思ったら、お武家様が一緒だったので、ああ、ご新造さんかと」

若い駕籠舁きは、まるで垂涎モノの美女だったと何度も繰り返した。

「お武家さんてのは、矢神と名乗りませんでしたか。背丈はこれくらいで、なかなかの男前。いかにも武芸者らしい……」

と手を掲げて、美鈴が訊くと、駕籠舁きはすぐに答えた。

「名前は分かりやせんが、ええ、たしかに立派そうなお侍さんでした。ご夫婦だとのことでしたが、それが何か」

「品川に逗留したのでしょうかね。それとも何処か他に……」

「さあ、知りませんが、東海道をもっと保土ヶ谷とか相模の方に向かうような話はしてやした……あ、もしかして、お姐さん……ふたりの恋路を邪魔する気なのでは？」

「え……？」

「お姐さんもかなり美形だとは思いやすがね、あの人には敵いやせんよ」

「余計なことです」

美鈴が頬を膨らませると、駕籠舁きはニンマリと笑って、

「はは。余計なことついでに言っときやすけどね。ありゃ相当のタマです。男たちをたらし込んで、子分のようにかしずかせてやした」

「ええッ……」

驚きを隠しきれない美鈴に、駕籠舁きは「下世話な話だ」と嫌らしい笑いを洩らしながらも、楽しそうに話した。

「あっしも男ですからね……どんな素性の女かと、ちょいと尾けてみたんですよ。あれだけの美人だし、へへ、もしかして、いい思いもできるかもってね」

「そしたら……？」

「宿場外れの鈴ヶ森の刑場を過ぎた辺りに、不入計村てのがあるんですがね……そ

この一角で、大勢のむさ苦しい男たちに出迎えられたんです」

「出迎えられた……」

「へえ。女は別に偉そうにしていたわけじゃありやせんが、男衆はみんな腰を屈めて、まるで子分衆のようでしたよ。……不入計村って所は、その昔、どっかの寺社領とか荘園などがあって、年貢が免除されていたとかでね。そういや、池上本門寺の参道も近いや……なんだか不気味になったんで、とっとと帰って来たんでやす」

駕籠舁きが話していると、少し離れた所にいた相棒が、

「——おい。あまり余計なことを、ペラペラ喋るんじゃねえ。こっちが危ないぞ」

と声をかけた。駕籠舁きはハッと口を閉じる仕草をして、そそくさと立ち去った。池上本門寺近くには、盗賊集団が潜んでいるという噂は、美鈴も耳にしていた。不入計村の由来も知っている。

——あの『阿波屋』の事件の後、なんだか嫌な予感はしてたけれど、やっぱりね……なるほど。そういうことか。

美鈴は納得したように、南品川宿から鮫洲小川を渡り、浜川から鈴ヶ森を経て、不入計村に足を進めた。江戸湾の燦めく美しさとは反対に、刑場の鬱陶しさや神社仏閣が多いせいか、鬱蒼とした樹木とも相まって、賑やかな江戸とはまったく違う

風景だった。

まるで女岡っ引のように聞き込みをしている美鈴を――じっと見ている編笠の侍がいて、そっと尾行していた。だが、美鈴はまったく気づいておらず、駕籠舁きが話していた集落に来ていた。

まるで山の中のように木立に囲まれている一角に、大きな寺の御堂のような建物があった。その周りを海鼠塀が取り囲んでおり、武家屋敷とも寺とも違う怪しげな雰囲気だが、重厚な空気すら漂っていた。

寺のような大きな山門があり、その欄干のような張り出しには、見張りが二、三人いて、周辺を見ているようだった。

――なんだ、この物々しさは……。

ここに舞衣が来て、子分衆のような男たちに傅かれていたということが、美鈴には不思議でならなかった。あるいは、まったく見当違いの〝探索〟をしているのかもしれないが、それならそれでいいと美鈴は居直って、山門を潜ろうとした。

すると、横合いの藪の中から、竹槍を持ち、長脇差を腰に差した、黒装束の男たちが現れた。黒装束といっても、忍びが着るようなものではなく、袖無しの黒羽織に、下は黒っぽい野良着であった。

「女……かようなところで何をしておる」

意外にも野太い、まるで武家のような物言いで、一際、体の大きな頭目格が一歩前に出てきて、竹槍の先を向けた。

「ただの通りすがりですが、立派なお寺があるのかなあって、拝みに来ただけです」

「ならば見当違いだ。立ち去るがよい」

「お寺じゃないのなら、何なのですか、ここは。お武家様の修行道場か何か……」

「そのようなものだ。さあ、行け」

頭目格は言ったが、美鈴はしつこく訊いた。

「女人禁制でなければ、ちょっと見物させて貰えませんか。旅の思い出に」

「——女人禁制だ。残念だったな」

「そうなんですか。でも、舞衣さんは、ここに入ったはずですが」

美鈴はわざと名を出して、相手の反応を窺ったが、頭目格はまったく動じず、ただ「女の来るところではない」と追い返す仕草をしただけであった。

「そうですか……じゃ、仕方がないですね……」

と背を向けて、来た道を戻った。

街道に戻る手前に、小さな寺や墓場などが並んでいるが、まったく人気がない竹藪に繋がる道があるので、美鈴は踏み込んだ。裏手に廻って、怪しげな山門の奥に入ってみるつもりであった。

だが、その前に、やはり同じような黒装束の男が数人、立ちはだかった。

「女……何を調べておる……品川宿から、あれこれ探りながら、ここに来たのは承知しておるのだ」

その中のひとりが言った。美鈴は後退りしながら、

「街道への近道があると思ったものだから」

と言ったが、男たちは素早く取り囲んで、逃がさぬとばかりに長脇差を抜き払った。そして、じりじりと間合いを詰めた。

「——なるほど……やはり舞衣さんは、あの山門の中にいるのですね」

「……………」

「もしかして、『阿波屋』の人たちを皆殺しにして、五千両もの金を盗んだのは、あんたたちですか……そうなんでしょ」

美鈴が言い終わらないうちに、黒装束たちは斬りかかってきた。寸前、美鈴は目潰しの粉を投げつけて、ひらりと躱して竹藪の奥に逃げた。敵の刃を受けにくくす

るためである。そして、美鈴の方はまるで〝くの一〟のような動きで、棒手裏剣を、

――ビュンビュン。

と投げつけた。だが、黒装束たちも美鈴の動きを見抜いていたかのように、素早い動きで追い詰めてきた。

「くらえッ！」

突然、背後から長い刀が振り下ろされた。気配に気づくのが遅くて、危うく斬られるところだったが、くるりと回転して避け、さらに竹藪の奥の方に逃げた。その後を一斉に、黒装束たちが追いかけた。

その頭上から、ハラハラと網のようなものが落ちてきた。誰かが投げたようだった。一瞬、動きが止まった黒装束たちを横目に、美鈴は一目散に逃げた。

寺の塀が続いており、その先を曲がったとき、目の前に――編笠の侍が立っていた。美鈴を尾行していた者である。

「!?……」

踵を返そうとした美鈴だが、その腕をガッと摑まれた。振り払おうとした美鈴に、

「俺だよ……こっちへ、さあ」

と編笠を上げた。

その顔は、勝馬であった。吃驚する美鈴に有無を言わさず、勝馬は近くの小さな寺の中に連れ込むのであった。

七

「無茶なことをするなあ、お姫様は」

からかうように言う勝馬に、美鈴は安堵したように礼を言いながらも、隠れた御堂の外を見ていた。

「あいつらに網を投げたのは、勝馬さんですか」

「少し遅れたら、斬り殺されてたかもしれないぞ。『阿波屋』の者たちみたいに」

「……忠兵衛さんに頼まれてたの？　私を見張るように」

「いいや。俺は俺で、お滝のことを調べてて、ここにぶち当たっただけだ」

嘘か本当か、勝馬はそう答えただけだった。

「お滝……舞衣さんの母親の？」

「そうだ。上総一宮だの上州高崎だのの出だと偽っていたようだ。実は、この村で生まれ育ったらしい」

「どうして、そんなことが……」

「おまえと同じだよ。矢神を張っていた。そして、忠兵衛さんに命じられて、昔の自害事件など調べていたら、この村のことが浮かんだのでな」

「昔の自害事件って？」

不思議そうに美鈴が訊くと、勝馬は詳しくは話さなかったが、一本に繋がったことがあると言った。

「忠兵衛さんが裁許帳を元に調べていたのだがな、大店の主人が首を吊って死んだり、事故に遭って死んだ事件が数件あったのだが、その女房ってのが、いずれもお滝だった……かもしれないんだ」

「ええっ……!?」

「まだ、きちんと裏を取ったわけではない。大昔の話だが、記載されたことには間違いはなかろう。女房の年頃や風貌が、ほとんど一致するのだ。お滝がすこぶる美形だったから、記憶に残っていたのかもしれぬがな」

「ということは……舞衣の父親である『土岐屋』の主人の首吊りは……」

「殺しかもしれぬ」

あっさりと言った勝馬の顔を、まじまじと美鈴は見ていたが、腑に落ちるような感じもしていた。

「では、『高崎屋』の主人が病死したのは……」

「毒殺だろう。そのときに検屍した町医者も、突然死にしては、妙な斑点が残っていると見立てている……もう調べようがないがな」

「――つまり……」

美鈴は息を呑んで、勝馬に訊いた。

「お滝は亭主を次々と殺して、舞衣はそれを知っていたということ？」

「だろうな。亭主が死んだ後は、必ず店を畳んでいる。幾ばくかの金を奉公人たちに払って、お滝は姿を消しているからな……そして、海産物問屋ではお政、材木問屋ではお邦、廻船問屋ではお里……などと名を変えて、亭主を殺した」

「それで、お上は分からなかったものでしょうか……」

「殺しなら、女房が怪しいとなるであろう。だが、場所も時も違う所で、大店の主人が自害や事故で死んだ〝悲劇〟の内儀を演じていたのだからな。まさかと誰もが思ったのだろうよ」

「……」

「その母親の出が、この村の一角だと分かったとき、得心した。もう何百年も前に、白蛇一族という大盗賊がこの一帯にいたことがあり、時のお上も立ち入ることができなかった。それで、上納金も税も払わなくてよかったのだ。盗っ人の隠れ家だ」

「私も聞いたことがあります……」

「当世でも、そのような所はある。江戸市中なら〝盗っ人宿〟という、表向きは旅籠とか船宿をしているが、泥棒を匿まう所がある……それと同じように、寺社地をいいことに、盗っ人が隠れ潜んでいるのだろう」

「だとしたら……大捕り物になりますね」

美鈴が心配そうに眉を顰めると、勝馬はニコリと微笑んで、

「そうでもないかもな」

「えっ……どうしてです……」

「まあ、見てな。細工は流々、仕上げを御覧じろってな」

疑り深い目になる美鈴に、「実は頼みがある」と勝馬は言った。

「頼み……？」

「俺は忠兵衛さんと違って、おまえたちと仲良くしておきたいんだよ」

「――どういう意味です」

「訳はともかく、辰五郎とおまえは、これまでも探索を密かに手伝っている。此度

だってそうじゃないか」

「……」

「どうせなら、きちんと手を組んでおいた方がよいと思ってな。俺が定町廻りになったときには、十手を渡してもいい」

「そういう交換条件は嫌いなんです。私は、忠兵衛さんへの恩義でやっているだけですから」

「恩義……」

「はい。忠兵衛さんには、私たち父娘がある事件に巻き込まれたとき、命を助けられたのです。その事を忠兵衛さんは気づいてないようですが……私がまだ、それこそ十歳くらいの小娘のときでした」

「それは、どういう……」

「いずれ話すときが来るかもしれませんが、今は私とお父っつぁんの心に秘めております。その事件のとき死んだおっ母さんは……忠兵衛さんに感謝しながら、息を引き取りました」

美鈴は思わせぶりに話して、辛そうに俯くと、

「申し訳ありません……だから、特に此度の『阿波屋』のような事件の下手人は、

絶対に許すことができないんです」

と苦々しい顔になった。

辰五郎と美鈴が巻き込まれた事件のことが、勝馬は気になったが、今は訊かないことにした。それよりも、『阿波屋』の事件を永尋にしないために、一刻も早く下手人を捕まえるのが先だった。

その日のうちに――。

勝馬は自ら、盗賊の隠れ家である古刹のような屋敷の門を潜った。

先刻、美鈴を襲った連中が、待ち伏せていた。まるで、勝馬が来ることを承知していたかのようだった。

「おまえか……矢神から聞いておるが、俺たちの仲間に入りたいという奇特な奴は」

「南田平之助という武州浪人だ。江戸に来ても、ろくな仕事がなくてな。盗っ人の見張り役や用心棒ならできる」

「なんだと」

「矢神さんから、次に狙う大店は、日本橋の呉服問屋『伊勢屋』と聞いたが、また皆殺しにするのか。やるなら、俺が斬っても構わぬぞ。しばらく暴れてないので、腕がうずうずしているのだ」

　勝馬が言い終わらぬうちに、頭目格が刀を抜き払って斬りかかった。あっさりと躱した勝馬は素早く抜刀して、相手の刀を叩き落とし、切っ先を首根っこにあてがった。

「おいおい。腕試しは結構だが、下手すると死ぬぞ。どうする。続きをやるか」

「よ、よせ……」

「俺は、矢神さんと同じ新陰流の道場で腕を磨いた仲だ。道場の竜虎と呼ばれたよ」

　もちろん出鱈目だが、頭目格は切っ先が喉元に触れるのに怯えて、

「わ、分かった……仲間にする……」

「初めから、そう言えよ」

　ゆっくりと勝馬が刀を引くと、本堂のような屋敷の中から、後光が差しているような美しい女が出てきた——舞衣である。まるで古代の宮中女御のような姿をしている。勝馬が見るのは初めてだが、

「なるほど……矢神さんが骨抜きにされるはずだ」

と微笑みながら言った。

「いらっしゃい。〝白蛇の館〟にようこそ」

「……やはり、遥か昔の白蛇一族の末裔であったか」

「さあ、どうかしら。白蛇は神の使いです。私たちは神の僕というところかしらね」

微かに笑みを洩らしているが、冷ややかなものであった。舞衣の自信に満ち溢れた顔は、とても『阿波屋』の者たちに虐められていた惨めな女には見えなかった。

「では、俺も神の僕とやらにしてくれるのかい。かような美しい人のためなら、なんだってやるよ、命がけでな」

「それは素晴らしいこと。でも私は、見知らぬ人をすぐに信じるほど、お人好しではありません。むしろ疑り深い性分です」

「ならば、どうすれば信じて戴けるので？」

「そうですね……まずは、この人たちをその凄腕で斬り殺して下さい」

舞衣がためらいもなく言うと、庫裏のような奥から、黒装束の手下が、縄で縛った三人の男を引き連れてきた。いずれも若いが、百姓でもしていたのか日焼けしており、野良着も土にまみれていた。

「――そいつらは……？」

勝馬が訊くと、舞衣は微笑みながら、

「裏切り者です。始末してくれたら、あなたを新たな仲間にしますわ」

「ほう。裏切り者とは、何をしたのだ」

「蔵の金を盗んだ挙げ句、江戸の町奉行所に駆け込んで、この〝白蛇の館〟のことを話そうとしたんです。お陰で、南町奉行所の篠原とかいう同心に嗅ぎつけられて、ちょっとした騒ぎが起こりました」

「南町奉行所……」

「つい先刻も、町奉行所の手の者らしき〝くの一〟のような妙な女が、近くをうろついてました。こいつは、品川宿からずっと私のことを調べていたようですがね」

「だが、この辺りは江戸府外。町方の手は及ばぬはずだが」

探るような目になって勝馬が言うと、舞衣は相変わらず微笑を湛えたまま、

「勘定奉行と江戸町奉行が一緒に支配してますよ。税のことなど民政と、咎人を裁く吟味とを分担しておりますがね」

「詳しいな……」

「他に寺社地や旗本領も多いので、色々と入り組んでいるからこそ、隠れ蓑になるのです。そんな話より、さあ……斬って下さい。こいつらを処分したら、信用しま

す。晴れて、私たちの仲間です」

　黒装束たちは三人を勝馬の前に引きずり出し、他の者たちも遠巻きに見ていた。勝馬はしかと頷くと、おもむろに抜刀して、打ち震えている三人の前に立ち、

「悪く思うなよ」

　と声をかけてから、バッサバッサと空を切って刀を振った。だが、縛っていた縄を切り落としただけで、人を傷つけてはいなかった。

　それでも、舞衣は落ち着いた声で、

「何の真似ですか。仲間にはなりたくないということですか」

「人殺しは性に合わぬのでな」

「おや。先程は、皆殺しにするなら、俺がやると威勢のいいことを言ったのに……斬れるわけがないですよね。こいつらも、町方の密偵らしいですから。あなたと同じくね」

　舞衣はそう言い放って、ギラリと目つきが変わった。とたん、一斉に黒装束たちが長脇差や短刀、匕首などで躍りかかったが、勝馬は容赦せず、銀色の刀を二閃、三閃と燦めかせて斬り倒した。

「うわっ」「へええ！」「痛い、痛い！」

中には、刃物を握りしめたままの手首が吹っ飛んだ者もいた。

さすがに舞衣も一瞬、怯んで後退りしたが、その時、バリバリと音がして、〝白蛇の館〟の裏手の方から煙が舞い上がり、ドンと爆発音がして大きな火が燃え上がった。竹藪や雑木林が巨大な炎となり、あっという間に、屋敷内を覆うように襲ってきた。

その隙に、勝馬は一目散に山門の方に逃げた。

「おい！　待て！」

黒装束の頭目格が怒鳴ったが、勝馬の姿は一瞬にして屋敷の外に消え去った。

盗賊一味は襲い来る炎に抗うこともできず、わらわらと散って逃げ出した。ところが、背後はもとより、屋敷の周囲を囲んでいる塀からも勢いよく炎が燃え立った。炎は生き物のように敷地内に踏み込んでくる。

「逃げろ、逃げろ！」「金なら壺に入れて地中に埋めてあるから大丈夫だ！」「舞衣さんを助けて避難しろ」「早く逃げろ！」

まるで火焔地獄のような中を、盗賊一味は山門に集まって外に逃げ出した。

すると、逃げ出てきた者たちは、次々と綱に掛けられたり、刺股（さすまた）や突棒（つくぼう）、袖搦（そでがらみ）などで取り押さえられた。山門の外には、篠原を先頭に、内田や近藤、宇都宮、佐々木、岸川らが鎖帷子を着込んだ捕り物姿で待っていた。

他にも、数十人の捕方や宿場役人、そして屋敷の周りには、この村に拝領地がある大目付・黒瀬外記と勘定奉行の秋山主計亮が、大勢の家臣を従えて控えており、塀を乗り越えて逃げてくる盗賊一味を悉く斬り捨てたり、取り押さえたりしていた。

騒動は一刻ばかり続いたが、盗賊一味はひとり残らず召し捕り、その間に〝白蛇の館〟は燃え上がって灰燼と化した。

その一部始終を――勝馬と美鈴は高みの見物と洒落込んだわけではないが、近くの寺の鐘楼から眺めていた。

「大岡様も手段を選ばないのですね」

首を竦める美鈴に、すべてを承知していた勝馬は真顔で炎を見続けながら、「極悪非道にはな」と呟いた。

## 八

南町奉行所の詮議所に、舞衣が連れてこられたのは、その翌朝のことだった。

品川宿外れで起きた騒動については、まだ世間には知られていなかった。不入計村の村人たちも、野火が広がって大火事となり、寺か屋敷が燃えたとしか思っていなかった。まさか、江戸の町方が盗賊を炙り出すために、仕掛けたこととは誰も知らなかった。

吟味方与力の藤堂が、『阿波屋』への押し込み、一家殺害について調べるために、舞衣をお白洲代わりにしている土間に座らせた。後ろ手に縛られたままの舞衣は、赤い襦袢姿で、昨日のような優美な着物ではなかった。

襦袢のまま吟味するのは、人としての誇りを傷つけるために、わざとすることがある。悪党に〝人権〟などない時代には、よくあることだった。

篠原とともに、忠兵衛も臨席していたのは、昔の事件との関わりも調べるためである。此度の『阿波屋』の一件について、幾つかの事実関係を、吟味方与力が問い詰めたが、舞衣は無表情のまま、何も語らなかった。言った言葉は、

「何も知りません」

ということだけであった。あまりにも平然としているせいか、意地になって無言を通しているようには見えない。美しい顔だちと相まって、まるで菩薩が鎮座しているようにすら感じた。

「では……私からも尋問します」

藤堂に許しを得て、忠兵衛は壇上から土間に降りながら、見張りの同心に、

「縄を解いてやって下さい。かような姿勢は窮屈で、話したくても、なかなか話し辛いものですからな。それに、この場から逃げることなどできないでしょう」

と言った。

見張りの同心は、藤堂が目顔で領くのを受けて、手際よく解いてやった。かなりきつく縛られていたのであろう。舞衣は腕や腰の辺りを、撫でるように触った。その舞衣に、忠兵衛は丹前をかけてやり、

「さて、舞衣とやら……此度のことについては、この後も藤堂様や篠原様が詳細に問い質すと思うが、私はその前に……」

と軽く咳払いをした。

「訊きたいのは、お滝のことだ。言うまでもなく、おまえのおっ母さん……母親だ」

母親の名前を言われて、ほんのわずかだが、舞衣の瞼が動いた。人の目につくほどの動きではなかったが、この場にいる与力や同心たちには明らかに分かった。

「お滝は不入計村の出だそうだな。嫁入りする度に、上総一宮とか別の土地の生ま

れと名乗っていたようだが、不入計村で間違いないな」

「………」

「おまえが答えずとも、こっちですでに調べておる。お滝はかなり貧しい暮らしを強いられていたようだな。水のように薄めた粥を啜って暮らした日もあるとか」

「………」

「だが、一度見たら忘れられないほどの美形であったことから、近在で評判になり、茶店で働いていたところを、たまさか街道を通りかかった商人が嫁にした……それが最初の亭主となった日本橋の『加賀屋』という漆問屋の主人だったが、理由は分からぬが、すぐに離縁されているな」

「……知りません」

「その次に嫁いだのが、品川の海産物問屋『津軽屋』……そのときは、なぜか、お政と名乗っている。だが、同じ女だ。当時の奉公人から確かめた……後に家具問屋『土岐屋』の女房になった女だとな」

「………」

「『津軽屋』の主人は、近くの海に落ちて死んでいるのが見つかった……それで、店が潰れて、お政こと、お滝は姿を消した。もちろん、何百両もの金を持ってな」

「……」

「さらに、その次に嫁いだのは、深川の材木問屋『木曽屋』……このときには、お邦、と名乗っていたが、お滝だ。やはり主人は、貯木場で材木が崩れて下敷きになって死んでしまった……お滝は番頭から財産を受け取って、そのまま何処かへ消えた」

　忠兵衛はじっと舞衣を見て話している。だが、舞衣の方はやはり表情がほとんどなく、素知らぬ顔をしていた。

「そして次は、鉄砲洲の廻船問屋『豊後屋』に嫁として入った。このときは、お里……という名を使った。主人は出先からの帰り、永代橋から飛び降りて死んだ。当初は事件かと思われたが、自殺だということで片付いた。そして、やはり店は潰れ、お滝はかなりの金を貰って、何処かへいなくなった」

「……」

「この話を聞いたことがないかい」

「知りません……もし私のおっ母さんの話だとしても、私が生まれる前のことを知る由がありません」

「だろうな……で、次はおまえのお父っつぁんの話だ」

顔を覗き込むように忠兵衛が言うと、やはりわずかに舞衣の瞼が動いた。

「名はなんという。お父っつぁんのだ」

「……………」

「まさか、それも知らぬとは言わないだろうな」

「──斎右衛門です」

「お父っつぁんは、首を吊って死んだ……ことになっているが、殺しの疑いもある」

忠兵衛は畳み込むように話した。

「おまえは夜中に目が覚めて、誰かがお父っつぁんを連れていくのを見た……と子供ながらに証言している。覚えているか」

「いいえ……」

「だが、母親は夢でも見たんだろうと、おまえを寝間に引き戻した。忘れたかい」

「まったく覚えていません」

「そうか……まだ七歳だから仕方がないな。だが、裁許帳には残っているのだ。そのことだけを伝えておく」

「……………」

「その翌日、お父っつぁんの亡骸を見たときのことは覚えているか。そんな衝撃的なことを忘れるとは思えぬが……」

「――はい。よく覚えています。番頭さんも随分と慌てておりましたし……その後で、町方の旦那方が来て、色々と調べていたようですが、子供には見せたくなかったのでしょう。おっ母さんはずっと抱いていてくれました」

初めてといってよいくらい、舞衣は話した。その内容と、裁許帳に残っていることは、誰かを見たという以外はさして違わない。忠兵衛は「思い出させて悪かったな」と言ってから、

「だが、『高崎屋』のことはよく覚えているであろう。おっ母さんが後添えに入り、おまえの養父になった喜右衛門は、病死した……とあるが、まことか」

「と申しますと……」

「当時の調べで、一度は毒殺の疑いもあった。下手人は誰かは分からぬが、これもまた証拠不十分で、突然死として片付けられた」

「……そんな話は、知りませんでした」

「その後、お滝はしばらく店を切り盛りしたが、病死した……流行病とのことだが、看取ったのはおまえだな」

「そうです」

と答えてから、舞衣は少し上目遣いになって、

「旦那の言い方では、まるで私がおっ母さんに何かしたみたいな感じですね」

「誰もそんなこと言ってないよ」

忠兵衛は淡々と続けたが、舞衣の表情に苛ついたものが走ったのに、やはりこの場の与力や同心は気づいていた。

「その後、掛屋の丹左衛門が『高崎屋』を買い取り、おまえも世話になっていたが、縁あって『阿波屋』に嫁いだ……〝行かず後家〟だがな」

「……」

「相手の紋一郎は、祝言を挙げたその日に死んだのだから、〝出戻り〟になってもよかったと思うのだが、なぜ『阿波屋』に居続けたのだ。店の者も、帰った方がよいと言ってたらしいが」

静かな口調だが、忠兵衛は念を押すように訊いた。

「なぜ、『高崎屋』に帰らなかったんだね。丹左衛門さんも娘同然に面倒を見ると、言ってくれたそうじゃないか」

「……」

「理由を聞かせてくれないかな」

しつこく尋ねると、舞衣は唇を湿らせるように舐めてから、

「此度の『阿波屋』のことと関わりがあるのですか」

「大ありだよ。おまえさんは、嫁ぎ先の者たちをいとも簡単に殺した。いや、殺させた……という方が正しいがな」

「──知りません」

「まあ、いい。それについては、藤堂さんやお奉行の調べで、おまえの仲間も白状するだろうし、明らかになるだろう……なぜ、出戻りでは駄目だったんだ」

舞衣はそっぽを向いた。

「自分で言えないなら、俺が言ってやろう……おまえが『高崎屋』先代、つまり養父の喜右衛門を毒殺し、そして、実の母のお滝も殺したからだ」

「……」

「だから、実家に等しい『高崎屋』には帰りたくなかった。何の情も感じていない、紋一郎を薬で殺し、そこに居座った……いずれ皆殺しにして、金を奪うためにな」

あまりに明瞭に忠兵衛が言うので、舞衣は腹立たしげに眉間に皺を寄せた。その顔までが妙に艶めいているので、篠原の喉が鳴るのが聞こえた。それほど深閑とし

ていた。

「——そんな出鱈目……いい加減にして下さいなッ」

初めて感情を露にした舞衣に、忠兵衛はさらに淡々と続けた。

「おっ母さんは金に苦労したから、金持ちの商人の女房になり、頃合いを見計らって、夫を殺した……その金をどうしたかまでは分からなかったが、どうやら生まれ育った不入計村の者たちに恵んでいたようだな」

「………」

「だが、亭主を殺して金をせしめるということに味を占めたお滝は、村の者たちを唆して、亭主を事故や自害に見せかけて殺すよう仕向けるようになった」

俯く舞衣の前に、忠兵衛も座って、

「人ってのは悪いことには慣れてしまうんだよ。良いことはなかなかできないがな」

「………」

「でも、母親はまあ、いわば赤の他人を殺した。しかし、おまえは養父を殺し、実の母親まで殺してしまったんだ。実のおっ母さんを殺した気分はどうだったかね」

「おっ母さんは殺してません！」

思わず、舞衣は声を荒らげ、毅然と忠兵衛を睨みつけた。

「ほう……おっ母さん〝は〟、殺していない……では、他の者は殺したのかい」

「！……」

「たとえ自分で手にかけていなくても、『阿波屋』の者たちを殺せと、手下たちに命じただけでも、最悪の罪なんだよ」

忠兵衛はあくまでも静かに諭すように声をかけた。舞衣は唇を嚙みしめていたが、母親の死に目のときを思い出したのか、悲しみと怒りが入り混じった表情になった。

「――人なんて、誰も信じちゃだめだ……たとえ親でも信じたら、自分が地獄に落とされてしまう。だから、絶対に人を信じるな……私のことだって、信じちゃ駄目だ……おっ母さんは、そう言いながら死んでいったよ」

舞衣は誰にともなく話し始めた。

「この世で信じられるのは、金だけだ。金さえあれば、誰でも言うことを聞かせることができる。自分もひもじい思いをせずに済む……亭主にも店の者にも恨みなんかないよ。でも、ちょっとでもこっちが油断したら、酷い目に遭うんだ」

「………」

「紋一郎さんに嫁いだ後だって、そうだよ……たしかに楽をしたくて、『阿波屋』

に入った。そしたら、とたんに、あいつら私をいびり始めた。いびるだけならいいい……何処で調べたのか、おっ母さんのことをあげつらって、『人殺しの子だからねえ。いつでも、お上に突き出してもいいんだよ』と、毎日毎日、私は叩かれ、お湯を掛けられた……」

「………」

「ああ、これが、おっ母さんの言ってたことか……人を信じちゃいけないってことかって思ってましたよ……そんなとき、助けてくれたのが、矢神の旦那だよ。前々から、好いてくれていたんだ」

舞衣はほんの少しだけ、女らしい恥じらいの笑みを浮かべて、

「でも、一緒に逃げるだけじゃつまらない。あいつらを生かしておいても、どうせろくなことはない。また誰かをいじめる。そう思うとたまらなくなって……おっ母さんの仲間を頼ったんだよ、不入計村のね」

と言った。

「だから、矢神の旦那は関わりない。すべて、〝白蛇の館〟の連中のやったことだよ」

「そうかい。誰も信じないおまえが、矢神だけは信じたのはどうしてだい」

「それは……」

言葉に詰まった舞衣に、忠兵衛はやはり淡々と言った。

「おまえのことを話したのは矢神だ。奴のお陰で、〝白蛇の館〟を見つけて、一網打尽にすることができたんだ」

「嘘……」

「どうせなら、矢神も殺しておくべきだったかもしれぬな……これは冗談だ」

忠兵衛はそこまで話すと、藤堂を見上げて、「後はお願いします」とばかりに深々と頭を下げて、詮議所から立ち去ろうとした。

その忠兵衛の背中に向かって、舞衣は初めて大声を上げた。

「あんたに何が分かるんだ！　おっ母さんや私の何が分かるってんだ！　訳知り顔で、人のことを憐れだと嘲って面白いのか！　だったら、あんたもひもじい暮らしをしてみろ！　人から信頼されてると思ってんのか！」

見張りの同心が、激しく罵る舞衣の肩を押さえつけて止めた。忠兵衛はおもむろに振り返って、

「おまえの言うことは正しいよ。いや、おっ母さんの言うことかな……仲間だと思っていた〝白蛇の館〟の連中も、裏切るだろう。おまえが一番悪いって言い張るだ

ろう」

「……」

「しかしな、舞衣……誰かを信じたいって思いがなくなりゃ、人間お終いだ。おまえには、矢神を信じたいって思いだけはあったようだから、まだ救いがあるが、もう遅いな」

「うるさい、ばかやろう！」

舞衣は何かを投げつける仕草をし、そのまま土間を叩いて、わあわあと泣き出した。その絶叫に近い泣き声を聞きながら、忠兵衛は詮議所を後にするのだった。


その夜も——。

忠兵衛は『蒼月』を訪ねたが、いつもと違って、誰とも何も話さずに酒を飲んでいた。今日は、大好きな釣りもせず、一匹も魚を持たずに来ていたが、

「うちは料理屋なんですから、手ぶらで来て下さいよ。でないと、こっちが遠慮しちまって、金を取りにくいですよ」

と辰五郎は苦笑した。

どのようなことがあったか、すべて分かっているはずだが、辰五郎は何も言わな

かった。それは美鈴も同じだった。

そこに、勝馬がすでに何処かで飲んできたのか、ほろ酔いで入ってきた。良いことがあったのか、ニコニコしているので、

「また金一封が入ったのかしら」

と美鈴が声をかけると、勝馬は「そうじゃない」と首を振って、白木の付け台の前に座ると、じっと美鈴のことを見つめた。

「――なんですか、気持ち悪い……」

「気持ち悪いってことはないだろう。俺は決めたんだ、美鈴」

「何をです」

「おまえとその……一緒にやることをだよ」

「唐突になんですか。嫁に貰いたいなら、目の前にお父っつぁんがいるんだから、ちゃんと挨拶して下さいな」

「誰が嫁に貰いたいなんて言ったよ」

「今、自分がその口で、おっしゃったじゃないですか」

「一緒にやるって言ったんだよ。やるのは、もちろんアレじゃなくて、探索だ」

「はあ……？」

「辰五郎、美鈴……ほら。これを貰ってきたからよ」

と御用札をふたつ出した。赤樫でできた立派なものである。それを掲げて見せ、

「ちゃんとした本物だ。大岡様から直々に手渡された」

「へえ……てことは、定町廻りになったということですかい、勝馬さんは」

と辰五郎の方が訊くと、勝馬は首を横に振りながら、

「そうじゃない。でもな、此度の一件で、永尋にも岡っ引みたいな御用聞きが要ると、大岡様は思ったようでな。もしかしたら十手も渡されるかもしれぬ。つまり、今起こっている事件と昔の事件が繋がっていることはよくあるから、これを……」

と話し続けた。

だが、忠兵衛はあまり関心なさそうに、

「俺は御免だな。仕事が増えるのは勘弁して貰いたい。大将、酒のお代わりだ……といきたいが、もう帰って寝る」

「えっ……」

「疲れた……大勢殺されたが、刑場でも大勢死ぬことが決まった……悪さをした奴は憎らしいが、あの世では同じ仏様だ……南無阿弥陀仏、南無阿弥陀仏……」

と言いながら忠兵衛は出て行った。

勝馬は後を追おうとしたが、辰五郎は止めて、

「遠慮なく、御用札を戴きますよ。これで、堂々と、忠兵衛さんに恩返しができる」

「なんだよ、あれ……」

「俺にじゃなくてかよ」

「もちろん、勝馬さんにも感謝致しますんで、じゃ今日は祝い酒ってことで、ただにしておきます。さ、存分にやっておくんなせえ」

辰五郎が酒を勧めると、勝馬は嬉しそうに受け取った。美鈴は傍らで見ていたが、

「なんだ……嫁にくれってんじゃないのか……少しは見直してたんだけどな」

と呟いた。その声は、ふたりには届いていなかった。

月明かりの中に、忠兵衛がぽつんと歩いている姿が、『蒼月』の格子窓の外に浮かんだ。羽織は着ておらず、迷子のようにぶらぶら歩いていたが、その背後に黒い影が近づいてきた。そして、いきなり刀のようなもので斬りかかった。

ふらりと倒れるように避けた忠兵衛は、立身流の居合で刀を、目にも留まらぬ速さで抜いたかに見えたが、すぐに鞘に収まっていた。

誰かは分からぬが、居合を受けて倒れたのは、痩せ浪人風だった。峰打ちで昏倒

しているだけだった。

「今日は気が立ってるのだ。ぶった斬ってやッ……てもいいが、しばらく寝てろ」

忠兵衛は丸い月に向かって、何事もなかったように、ぶらぶらと歩いていった。

光文社文庫


文庫書下ろし／傑作時代小説

後家の一念　くらがり同心裁許帳

著者　井川香四郎

2022年5月20日　初版1刷発行

発行者　鈴木広和
印刷　新藤慶昌堂
製本　榎本製本

発行所　株式会社光文社
〒112-8011　東京都文京区音羽1-16-6
電話（03）5395-8149　編集部
8116　書籍販売部
8125　業務部





落丁本・乱丁本は業務部にご連絡くだされば、お取替えいたします。
ISBN978-4-334-79364-7　Printed in Japan





組版　萩原印刷

光文社時代小説文庫　好評既刊

決闘柳橋　稲葉稔
本所騒乱　稲葉稔
紅川疾走　稲葉稔
浜町堀異変　稲葉稔
死闘向島　稲葉稔
どんど橋　稲葉稔
みれん堀　稲葉稔
別れの川　稲葉稔
橋場之渡　稲葉稔
油堀の女　稲葉稔
涙の万年橋　稲葉稔
爺子河岸　稲葉稔
永代橋の乱　稲葉稔
男泣き川　稲葉稔
隠密船頭　稲葉稔
七人の刺客　稲葉稔
謹慎　稲葉稔

激闘　稲葉稔
一撃　稲葉稔
男気　稲葉稔
追慕　稲葉稔
金蔵破り　稲葉稔
裏店とんぼ　決定版　稲葉稔
糸切れ凧　決定版　稲葉稔
うろこ雲　決定版　稲葉稔
うらぶれ侍　決定版　稲葉稔
兄妹氷雨　決定版　稲葉稔
迷い鳥　決定版　稲葉稔
おしどり夫婦　決定版　稲葉稔
恋わずらい　決定版　稲葉稔
江戸橋慕情　決定版　稲葉稔
親子の絆　決定版　稲葉稔
濡れぎぬ　決定版　稲葉稔
こおろぎ橋　決定版　稲葉稔

光文社時代小説文庫　好評既刊

# 光文社文庫最新刊

|  |  |
| --- | --- |
| 飯田線・愛と殺人と | 西村京太郎 |
| 或るエジプト十字架の謎 | 柄刀(つかとう) 一(はじめ) |
| 殺人犯 対 殺人鬼 | 早坂 吝 |
| 野守虫 刑事・片倉康孝 飯田線殺人事件 | 柴田哲孝 |
| ぶたぶたのお引っ越し | 矢崎存美(ありみ) |
| 浅見家四重想 須美ちゃんは名探偵!? 浅見光彦シリーズ番外 | 内田康夫財団事務局 |
| 十七歳 | 小林紀晴 |
| 復讐捜査 新・強請屋稼業 | 南 英男 |
| 喧騒の夜想曲(ノクターン) 白眉編 Vol.1 日本最旬ミステリー「ザ・ベスト」 | 日本推理作家協会・編 |
| ケーキ嫌い | 姫野カオルコ |
| 見番(けんばん) 決定版 吉原裏同心(3) | 佐伯泰英 |
| 清掻(すががき) 決定版 吉原裏同心(4) | 佐伯泰英 |
| 遺恨 鬼役 四 新装版 | 坂岡 真 |
| さまよう人 父子十手捕物日記 | 鈴木英治 |
| 告ぐ雷鳥 上絵師 律の似面絵帖 | 知野みさき |
| 後家の一念 くらがり同心裁許帳 | 井川香四郎 |
| 香り立つ金箔 はたご雪月花 (三) | 有馬美季子 |
| 当確師 十二歳の革命 | 真山 仁 |